书 · 美好生活

Book & Life

书，当然要每日读。

心守一事去生活

梁实秋 著

北京时代华文书局

充满良好习惯的生活，才是合于“自然”的生活。

人的天性大致是差不多的，但是在习惯方面却各有不同。习惯是慢慢养成的，在幼小的时候最容易养成，一旦养成之后，要想改变过来却还不很容易。

我们若能养成一种利用闲暇的习惯， 一遇空闲， 无论其为多么短暂，
都利用之做一点有益身心之事， 则积少成多终必有成。

学无止境，一生的时间都嫌太短。

古人所谓“三上之功”，枕上、马上、厕上，虽不足为训，其用意是在劝人不要浪费光阴。

一个人在学问上果能感觉到趣味，有时真会像是着了魔一般，真能废寝忘食，真能不知老之将至，苦苦钻研，锲而不舍，在学问上焉能不有收获？

花是要自己亲手培养，看着它抽芽放蕊，才有趣味。

“美的东西是永久的快乐”。 乐还要与别人分享， 才能大乐特乐。

人的身与心应该都保持清洁， 而且并行不悖。

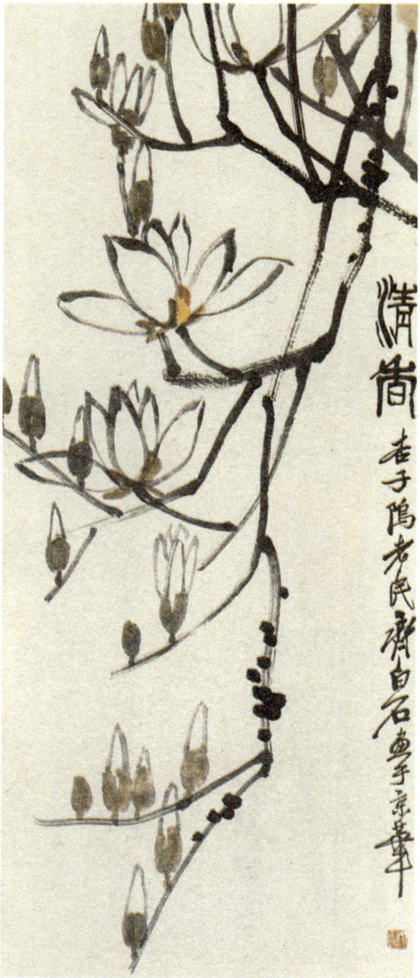

一个人如果达到相当年龄，还不失赤子之心，经风吹雨打，方寸间还能诗意盎然，他是得天独厚，他是诗人。

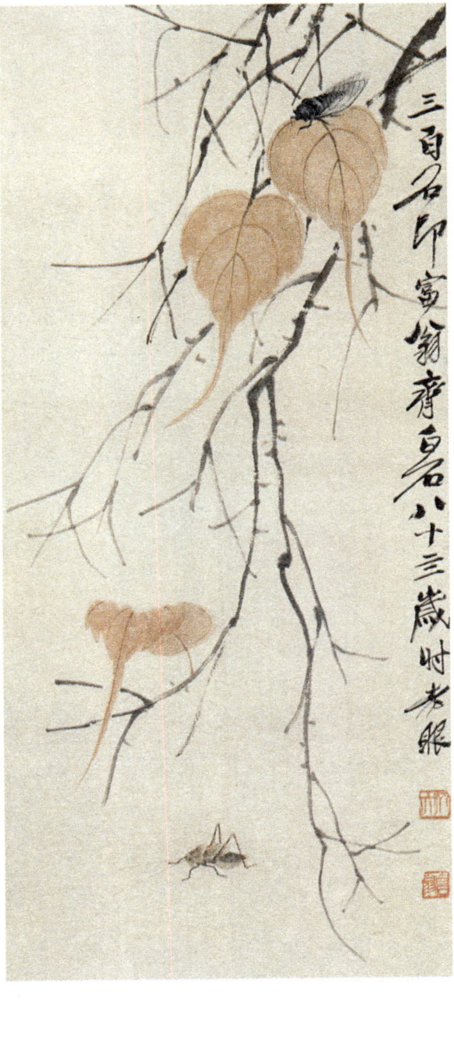

旅行是享受清福的时候。

没有闲事挂心头， 应该算是幸福的。

—— 代序 ——

喝茶

我不善品茶，不通《茶经》，更不懂什么茶道，从无两腋之下习习生风的经验。但是，数十年来，喝过不少茶，北平的双熏、天津的大叶、西湖的龙井、六安的瓜片、四川的沱茶、云南的普洱、洞庭湖的君山茶、武夷山的崖茶，甚至不登大雅之堂的茶叶梗与满天星随壶净的高末儿，都尝试过。茶是我们中国人的饮料，口干解渴，唯茶是尚。茶字，形近于荼，声近于槚，来源甚古，流传海外，凡是有中国人的地方就有茶。人无贵贱，谁都有分，上焉者细啜名种，下焉者牛饮茶汤，甚至路边埂畔还有人奉茶。北人早起，路上相逢，辄问讯“喝茶未？”茶是开门七件事之一，乃人生必需品。

孩提时，屋里有一把大茶壶，坐在一个有棉衬垫的藤箱里，相当保温，要喝茶自己斟。我们用的是绿豆碗，这种碗大号的是饭碗，小号的是茶碗，作绿豆色，粗糙耐用，当然和宋瓷不能比，和江西瓷不能比，和洋瓷也不能比，可是有一股朴实厚重的风貌，现在这种碗早已绝迹，我很怀念。这种碗打破了不值几文钱，脑勺子上也不至于挨巴掌。银托白瓷小盖碗是祖父母专用的，我们看着并不羡慕。看那小小的一盏，两口就喝光，泡两三回就得换茶叶，多麻烦。如今盖碗很少见了，除非是到故宫博物院拜会蒋院长，他那大客厅里总是会端出盖碗茶敬客。再不就是在电视剧中也常看见有盖碗茶，可是演员一手执盖一手执碗缩着脖子啜茶那副狼狈相，令人发噱，因为他不知道喝盖碗茶应该是怎样的喝法。他平素自己喝茶大概一直是用玻璃杯、保温杯之类。如今，我们此地见到的盖碗，多半是近年来本地制造的“万寿无疆”的那种样式，瓷厚了一些；日本制的盖碗，样式微有不同，总觉得有些怪怪的。近有人回大陆，顺便探视我的旧居，带来我三十多年前天天使用的一只瓷盖碗，原是十二套，只剩此一套了，碗沿还有一点磕损，睹此旧物，勾起往日的心情，不禁黯然。盖碗究竟是最好的茶具。

茶叶品种繁多，各有擅场。有友来自徽州，同学清华，徽州产茶胜地，但是他看到我用一撮茶叶放在壶里沏茶，表示惊讶，因为他只知道茶叶是烘干打包捆载上船沿江运到沪杭求售，剩下来的茶梗才是家人饮用之物，恰如北人所谓“卖席的睡凉园”。我平素喝茶，不是香片就是龙井，多次到大栅栏东鸿记或西鸿记去买茶叶，在柜台前面一站，徒弟搬来凳子让坐，看伙计称茶叶，分成若干小包，包得见棱见角，那份手艺只有药铺伙计可以媲美。茉莉花熏过的茶叶，临卖的时候再抓一把鲜茉莉花放在表面上，所以叫作双熏。于是茶店里经常是茶香花香，郁郁菲菲。父执有名玉贵者，旗人，精于饮馔，居恒以一半香片一半龙井混合沏之，有香片之浓馥，兼龙井之苦清。吾家效而行之，无不称善。茶以人名，乃径呼此茶为“玉贵”，私家秘传，外人无由得知。

其实，清茶最为风雅。抗战前造访知堂老人于苦茶庵，主客相对总是有清茶一盂，淡淡的、涩涩的、绿绿的。我曾屡侍先君游西子湖，从不忘记品尝当地的龙井，不需要攀登南高峰风篁岭，近处平湖秋月就有上好的龙井茶，开水现冲，风味绝佳。茶后进藕粉一碗，四美具矣。正是“穿牖而来，夏日清风冬日日；卷帘相见，前山明月后山山。”（骆成骧联）有朋自六安来，贻我瓜片少许，叶大而绿，饮之有荒野的气息扑鼻。其中西瓜茶一种，真有西瓜风味。我曾过洞庭，舟泊岳阳楼下，购得君山茶一盒。沸水沏之，每片茶叶均如针状直立漂浮，良久始舒展下沉，味品清香不俗。

初来台湾，粗茶淡饭，颇想倾阮囊之所有在饮茶一端偶作豪华之享受。一日过某茶店，索上好龙井，店主将我上下打量，取八元一斤之茶叶以应，余示不满，乃更以十二元者奉上，余仍不满，店主勃然色变，厉声曰：“买东西，看货色，不能专以价钱定上下。提高价格，自欺欺人耳！先生奈何不察？”我爱其戆直。现在此茶店门庭若市，已成为业中之翘楚。

此后我饮茶，但论品位，不问价钱。

茶之以浓酽胜者莫过于工夫茶。《潮嘉风月记》说工夫茶要细炭初沸连壶带碗泼浇，斟而细呷之，气味芳烈，较嚼梅花更为清绝。我没嚼过梅花，不过我旅居青岛时有一位潮州澄海朋友，每次聚饮酩酊，辄相偕走访一潮州帮巨商于其店肆。肆后有密室，烟具、茶具均极考究，小壶小盅有如玩具。更有娈婉卯童伺候煮茶、烧烟，因此经常饱吃工夫茶，诸如铁观音、大红袍，吃了之后还携带几匣回家。不知是否故弄玄虚，谓炉火与茶具相距以七步为度，沸水之温度方合标准。举小盅而饮之，若饮罢径自返盅于盘，则主人不悦，须举盅至鼻头猛嗅两下。这茶最有解酒之功，如嚼橄榄，舌根微涩，数巡之后，好像是越喝越渴，欲罢不能。喝工夫茶，要有工夫，细呷细品，要有设备，要人服侍，如今乱糟糟的社会里谁有那么多的工夫？红泥小火炉哪里去找？伺候茶汤的人更无论矣。普洱茶，漆黑一团，据说也有绿色者，泡烹出来黑不溜秋，粤人喜之。在北平，我只在正阳楼看人吃烤肉，吃得口滑肚子膨脝不得动弹，才高呼堂倌泡普洱茶。四川的沱茶亦不恶，唯一般茶馆应市者非上品。台湾的乌龙，名震中外，大量生产，佳者不易得。处处标榜冻顶，事实上哪里有那么多的冻顶？

喝茶，喝好茶，往事如烟。提起喝茶的艺术，现在好像谈不到了，不提也罢。

目录

第三部分　趣味，慢慢享受一点也不迟

第四部分　风中花香不问人

第一部分

闻多素心人，乐与数晨夕

—— 群芳小记 ——

菁清喜欢和我共同赏花

“老子爱花成癖”，这话我不敢说。爱花则有之，成癖则谈何容易。需要有一块良好的场地，有一间宽敞的温室，有各种应用的器材。更重要的是有健壮的体格，和充分的闲暇。我何足以语此。好不容易我有了余力，有了闲暇，但是曾几何时，人垂垂老矣！两臂乏力，腰不能弯，腿不能蹲。如何能够剪草、搬盆、施肥、换土？请一位园丁，几天来一次，只能帮做一点粗重的活。而且花是要自己亲手培养，看着它抽芽放蕊，才有趣味。像鲁迅所描写的“吐两口血，扶着丫鬟，到阶前看秋海棠”，那能算是享受么？

迁台以来，几度播迁，看到了不少可爱的花。但是我经过多少次的移徙，“乔迁”上了高楼，竟没有立锥之地可资利用，种树莳花之事乃成为不可能。无已，只好寄情于盆栽。幸而菁清爱花有甚于我者，她拓展阳台安设铁架，常不惜长途奔走载运花盆、肥土，戴上手套做园艺至于废寝忘食。

如今天晴日丽，我们的窗前绿意盎然。尤其是她培植的“君子兰”由一盆分为十余盆，绿叶黄花，葳蕤多姿。我常想起黄山谷的句子：“白发黄花相牵挽，付与旁人冷眼看。”

菁清喜欢和我共同赏花，并且要我讲述一些有关花木的见闻，爰就记忆所及，拉杂记之。

海棠

海棠的风姿艳质，于群芳之中颇为突出。我第一次看到繁盛缤纷的海棠是在青岛的第一公园。二十年春，值公园中樱花盛开，夹道的繁花如簇，交叉蔽日，蜜蜂嗡嗡之声盈耳，游人如织。我以为樱花无色无香，纵然蔚为雪海，亦无甚足观，只是以多取胜。徘徊片刻，乃转去苗圃，看到一排排西府海棠，高及丈许，而花枝招展，绿鬓朱颜，正在风情万种、春色撩人的阶段，令人有忽逢绝艳之感。

海棠的品种繁多，以“西府”为最胜，其姿态在“贴梗”“垂丝”之上。最妙处是每一花苞红得像胭脂球，配以细长的花茎，斜欹挺出而微微下垂，三五成簇。凡是花，若是紧贴在梗上，便无姿态，例如茶花，好的品种都是花朵挺出的。樱花之所以无姿态，便是因为无花茎。榆叶梅之类更是品斯下矣。海棠花苞最艳，开放之后花瓣的正面是粉红色，背面仍是深红，俯仰错落，秾淡有致。海棠的叶子也陪衬得好，嫩绿光亮而细致。给人整个的印象是娇小艳丽。我立在那一排排的西府海棠前面，良久不忍离去。

十余年后我才有机会在北平寓中垂花门前种植四棵西府海棠，着意培植，春来枝枝花发，朝夕品赏，成为毕生快事之一。明初诗人袁士元和刘德彝《海棠》诗有句云："主人爱花如爱珠，春风庭院如画图。"似此古往今来，同嗜者不在少。两蜀花木素盛，海棠尤为著名。昌州（今大足县）且有"海棠香国"之称。但是杜工部经营草堂，广栽花木，独不及海棠，诗中亦不加吟咏，或谓避母讳，不知是否有据。唐诗人郑谷《蜀中赏海棠》诗云："浓淡芳春满蜀乡，半随风雨断莺肠。浣花溪上堪惆怅，子美无心为发扬。"其言若有憾焉。

以海棠与美人春睡相比拟，真是联想力的极致。《唐书·杨贵妃传》："明皇登沉香亭，召杨妃，妃被酒新起，命力士从侍儿扶掖而至。明皇笑曰：'此真海棠睡未足耶？'"大概是海棠的那副懒洋洋的娇艳之状像是美人春睡初起。究竟是海棠像美人，还是美人像海棠，倒是一个有趣的问题。苏东坡一首《海棠》诗有句云："林深雾暗晓光迟，日暖风轻春睡足。"是把海棠比作美人。

秦少游对于海棠特别感兴趣。宋释惠洪《冷斋夜话》：“少游在黄州，饮于海棠桥，桥南北多海棠，有书生家于海棠丛间，少游醉宿于此，明日题其柱曰：‘唤起一声人悄，衾冷梦寒窗晓。瘴雨过，海棠开，春色又添多少。社瓮酿成微笑，半破瘿瓢共舀。觉颠倒，急投床，醉乡广大人间小。’”家于海棠丛中，多么风流！少游醉后题词，又是多么潇洒！少游家中想必也广植海棠，因为同为苏门四学士的晁补之有一首《喜朝天》，注“秦宅海棠作”，有句云：“碎锦繁绣，更柔柯映碧，纤搊匀殷。谁与将红间白，采薰笼、仙衣覆斑斓。如有意、浓妆淡抹，斜倚阑干。”刻画得淋漓尽致。

含笑

白朴的曲子《广东原》有这样的一句：“忘忧草，含笑花，劝君闻早冠宜挂。”以忘忧草（即萱草）与含笑花作对，很有意思。大概是语出欧阳修《归田录》：“丁晋公在海南，篇咏尤多，如‘草解忘忧忧底事，花名含笑笑何人？’尤为人所传诵。”含笑花是什么样子，我从未见过，因为它是南方花木，北地所无。

我来到台湾之后十年，开始经营小筑，花匠为我在庭园里栽了一棵含笑。是一人来高的灌木，叶小枝多，毫无殊相。可是枝上有累累的褐色花苞，慢慢长大，长到像莲实一样大，颜色变得淡黄，在燠热湿蒸的天气中，突然绽开。不是突然展瓣，是花苞突然裂开小缝，像是美人的樱唇微绽，一缕浓烈的香气荡漾而出。所以名为含笑。那香气带着甜味，英文俗名称为“香蕉灌木”（banana shrub），名虽不雅，确是贴切。宋人陈善《扪虱新话》：“含笑有大小，小含笑香尤酷烈。四时有花，唯夏中最盛。又有紫含笑、茉莉含笑。皆以曰西入，稍阴则花开。初开香尤扑鼻。予山居无事，每晚凉坐山亭中，忽闻香风一阵，满室郁然，知是含笑开矣。”所记是实。含笑易谢，不待隔日即花瓣敞张，露出棕色花心，香气亦随之散尽。落花狼藉满地，但是翌日又有一批花苞绽开，如是持续很久。淫雨之后，花根积水，遂渐呈枯零之态。急为垫高地基，盖以肥土，以利排水，不久又欣欣向荣，花苞怒放了。

大抵花有色则无香，有香则无色。不知是否上天造物忌全？含笑异香袭人，而了无姿色，在群芳中可独树一格。宋人姚宽《西溪丛语》载“三十客”之说，品藻花之风格，其说曰：“予长兄伯声尝得三十客：牡丹为贵客，梅为清客，兰为幽客，桃为妖客，杏为艳客，莲为溪客，木樨为严客，海棠为蜀客……含笑为佞客。”含笑竟得佞客之名，殊难索解。佞有伪善或谄媚之意。含笑芬芳馥郁，何佞之有？我对于含笑特有一份好感，因为本地人喜欢采择未放的含笑花苞，浸以净水，供奉在亡亲灵前或佛龛案上，一瓣心香，情意深远，美极了。有一位送货工友，在我门外就嗅到含笑香，向我乞讨数朵，问以何用，答称新近丧母，欲以献在灵前，我大为感动，不禁鼻酸。

牡丹

牡丹不是我国特产，好像是传自西方。隋唐以来，始盛播于中土，朝野为之风靡。天宝中，杨贵妃在沉香亭赏木芍药，李白做《清平乐词》三章，有“云想衣裳花想容”之句。木芍药即牡丹。百年之后，裴度退隐，“寝疾永乐里，暮春之月，忽过游南园，令家仆童升至药栏，语：‘我不见花而死，可悲也。’怅然而返。明早报牡丹一丛先发，公视之，三日乃薨。”是真所谓牡丹花下死。白居易为钱塘守，携酒赏牡丹，张祜题诗云：“浓艳初开小药栏，人人惆怅出长安。风流却是钱塘寺，不踏红尘见牡丹。”刘禹锡《赏牡丹》诗：“唯有牡丹真国色，花开时节动京城。”其他诗人吟咏牡丹者不计其数。

周敦颐《爱莲说》：“自李唐来，世人盛爱牡丹。……牡丹，花之富贵者也；……牡丹之爱，宜乎众矣。”濂溪先生独爱莲，这也罢了，但是字里行间对于牡丹似有贬意。国色天香好像蒙上了羞。富贵中人和向往富贵的人当然仍是趋牡丹如鹜。许多志行高洁的人就不免要受《爱莲说》的影响，在众芳之中别有所爱而讳言牡丹了。一般人家里没有药栏，也没有盆栽的牡丹，但至少壁上可以悬挂一幅富贵花图。通常是一画就是五朵，而且颜色不同，魏紫姚黄之外再加上绛色的、粉红色的和朱红色的。据说这表示五世其昌。五朵花都是同时在盛开怒放的姿态之中，花蕊暴露，而没有一瓣是萎靡褪色的。同时，还必须多画上几个含苞待放的蓓蕾，表示不会断子绝孙。因此牡丹益发沾染了俗气。

其实，牡丹本身不俗。花大而瓣多，色彩淡雅，黄蕊点缀其间，自有雍容丰满之态。其质地细腻，不但花瓣的纹路细致，而且厚薄适度。叶子的脉理停匀，形状色彩，亦均秀丽可观。最难得的是其近根处的木本，在泡松的木干之中抽出几根，透润的枝条，极有风致。比起芍药不可同日而语。尝看恽南田工笔画的没骨牡丹，只觉其美，不觉其俗，也许因为他不是画给俗人看的。

名花多在寺院中，除了庄严佛土，还可吸引众生前去随喜。苏东坡知杭州，就常到明庆寺吉祥寺赏牡丹，有诗为证。《雨中明庆寺赏牡丹》：“霏霏雨露作清妍，烁烁明灯照欲然。明日春阴花未老，故应未忍着酥煎。”末句有典故，五代后蜀有一兵部贰卿李吴，牡丹开时分赠亲友，附兴采酥，于花谢时煎食之。牡丹花瓣裹上面糊，下油煎之，也许有一股清香的味道，犹之菊花可以下火锅，不过究竟有些煞风景。北平崇孝寺的牡丹是有名的，据说也有所谓名士在那里吃油炸牡丹花瓣，饱尝异味。崂山的下清寺，有牡丹高与檐齐，可惜我几度游山不曾有一见的机会。

牡丹娇嫩，怕冷又怕热。东坡说："应笑春风木芍药，丰肌弱骨要人医。"我在故乡曾植牡丹一栏，天寒时以稻草束之，一任冰雪埋覆，来春启之施肥，使根干处通风，要灌水但是也要宜排水。届时花必盛开，似不需特别调护。在台湾亦曾参观过一次牡丹展，细小羸弱，全无妖妍之致，可能是时地不宜。

莲

《古乐府》："江南可采莲，莲叶何田田。"不只江南可采莲，凡是有水的地方，大概都可以有莲，除非是太寒冷的地方。"曲院风荷"是西湖十景之一。南京玄武湖里一片荷花，多少人在那里荡小舟，钻进去偷吃莲蓬。可是莲花在北方依然是常见的，济南的大明湖，北平的什刹海，都是"暑日菡萏敷，披风送荷香"的胜地，而北海靠近金鳌玉蛛一带的荷芰，在炎夏时候更是青年男女闹船寻幽谈爱的好地方。

初来台湾，一日忽动乡思，想吃一碗荷叶粥，而荷叶不可得。市内公园池塘内有莲花，那是睡莲，非我所欲。后来看到植物园里有一相当大的荷塘，近边处的花和叶都已被人摧折殆尽。有一天做郊游，看见稻田中居然有一塘荷花，停身觅主人请购荷叶，主人不肯收资，举以相赠。回家煮粥，俟熟乘沸以荷叶盖在上面，少顷粥现淡绿色，有香气扑鼻。多余的荷叶弃之可惜，实以米粉肉，裹而蒸之，亦有情趣。其实这也是类似莼鲈之想，慰情聊胜于无而已。

小时家里种了好几大盆荷花。春水既泮，便从温室取出置阳光下，截除烂根细藕，换泥加水，施特殊肥料（车厂出售之修马掌骡掌的角质碎片）。到了夏初，则荷叶突出，荷花挺现，不及池塘里的高大，但亦丰腴可喜。清晨露尚未晞，露珠在荷叶上滚来滚去。静看荷花展瓣，瓣上有细致的纹路，花心露出淡黄的花蕊和秀嫩的莲房，有说不出的一股纯洁之致。而微风过处，茎细而圆大的荷叶，微微摇晃，婀娜多姿，尤为动人。陈造《早夏》诗："凉荷高叶碧田田。"画家写风竹，枝叶披拂，令人如闻风飕飕声，但我尚未见有人画出饶有动态的风荷。

先君甚爱种荷。晨起辄徘徊荷盆间，计数其当日开放之花朵，低吟慢唱，自得其乐。记得有一次折下一枝半开的红莲插入一只仿古蟹爪纹细长素白的胆瓶里，送到书房几上。塾师援笔在瓶上写了"出淤泥而不染，濯清涟而不妖"几个大字，犹如俗匠在白瓷茶壶上题"一片冰心"一般。"花如解语还多事"，何况是陈腐的题句？欲其雅，适得其反。

近闻有人提议定莲花为花莲的县花。这显然是效法美国人之所谓"州花”。广植莲花，未尝不好，赐以封号，似可不必。

辛夷

辛夷，属木兰科，名称很多，一名新雉，又名木笔，因其花未开时形如毛笔；又名侯桃，因其花苞如小桃，有茸毛。辛夷南北皆有之。王维辋川别墅中即有一处名辛夷坞，有诗为证：“木末芙蓉花，山中发红萼。涧户寂无人，纷纷开且落。”北平颐和园的正殿之前有两棵辛夷，花开极盛，但我一向不曾在花时游览，仅于画谱中略识其面貌。蜀中花事素盛，大街小巷辄有花户设摊贩花。二十八年春，我在重庆，一日踱出中国旅行社招待所，于路隅花摊购得辛夷一大枝，花苞累累有百数十朵，有如叉枝繁多之蜡烛台，向逆旅主人乞得大花瓶一只，注满清水，插花入瓶，置于梳妆台上，台三面有镜，回光交映，一室生春。

辛夷有紫红、纯白两种，纯白者才是名副其实的木笔。而且真像是毛笔头，溜尖溜尖的一个个的笔直地矗立在枝上。细小者如小楷兔毫，稍大者如寸楷羊毫，更大如小型羊毫抓笔。着花时不生叶，赭色枝头遍插白笔头，纯洁无瑕，蔚为奇观。花开六瓣，瓣厚而实，晨展而夕收，插瓶六七日始谢尽。北碚后山公园有辛夷数十本，高约二丈，红白相间，非常绚烂，我于偕友登小丘时无意中发现之。其处鲜有人去观赏，花开花谢，狼藉委地，没有人管。

美国西雅图市，家家户前芳草如茵，莳花种树，一若争奇斗艳。于篱落间偶然亦可见有辛夷杂于其内。率皆修剪其枝干不令过高。我的寄寓之所，院内也有一棵，而且是不落叶的那一种，一年四季都有绿叶，花开时也有绿叶扶持。比较难于培植，但是花香特别浓郁。有一次我发现一只肥肥大大的蜂卧在花心旁边，近视之则早已僵死。杜工部句："不是爱花即欲死，只恐花尽老相催。"这只蜜蜂莫非是爱花即欲死？来到台湾，我尚未见过辛夷。

水仙

岁朝清供，少不得水仙。记得小时候，一到新春，家人就把大大小小的瓷钵搬了出来，连同里面盛着的小圆石子一起洗刷干净，然后一钵钵地把水仙的鳞茎栽植其中，用石子稳定其根须，注以清水，置诸案头。那些小圆石子，色洁白，或椭圆，或略扁，或大或小，据说是产自南京的雨花台。多少年下来，雨花台的石子被人捡光了，所以家藏的几钵石子就很宝贵。好像比水仙还更被珍惜。为了点缀色彩，石子中间还撒上一些碎珊瑚，红白相间，别有情趣。

水仙一花六瓣，作白色，花心副瓣，作黄色，宛然盏样，故有"金盏银台”之称。它怕冷，它要阳光。我们把它放在窗内有阳光处去晒它，它很快地展瓣盛开。天天搬来搬去，天天换水，要小心地伺候它。它有袭人的幽香，它有淡雅的风致。虽是多年生草本，但北地苦寒难以过冬，不数日花开花谢，只得委弃。盛产水仙之地在闽南，其地有专家培植修割，及春则运销各地供人欣赏。英国十七世纪诗人赫立克（Herrick）看了水仙（Narcissus）辄有春光易老之叹，他说：

人生苦短，和你一样，
我们的春天一样地短；
很快地长成，面临死亡
和你，和一切，没有两般。

We have short time to stay, as you,
We have as short a spring;
As quick a growth to meet decay,
As you, or any thing.

西方的水仙，和我们的品种略异，形色完全一样，而花朵特大，唯香气则远逊。他们不在盆里供养，而是在湖边泽地任其一大片一大片地自由滋生。诗人华兹华斯有一首名诗《我孤独的漂荡像一朵云》，歌咏的就是水边瞥见成千成万朵的水仙花，迎风招展，引发诗人一片欢愉之情而不能自已，而他最大的快乐是日后寂寞之时回想当时情景益觉趣味无穷。我没有到过英国的湖区，但是我在美洲若干公园里看见过成片的水仙，仿佛可以领略到华兹华斯当年的感受。不过西方人喜欢看大片的花丛，我们的文人雅士则宁可一株、一枝、一花、一叶地细细观赏，山谷所云“坐对真成被花恼”，情调完全不同。（《离骚》“余既滋兰之九畹兮，又树蕙之百亩”，我想是想象之词，不可能真有其事。）

在台湾，几乎家家户户有水仙点缀春景。植水仙之器皿，花样翻新，奇形怪状，似不如旧时瓷钵之古朴可爱，至于粗糙碎石块代替小圆石，那就更无足论了。

丁香

提起丁香，就想起杜甫一首小诗：

丁香体柔弱，乱结枝犹垫。
细叶带浮毛，疏花披素艳。
深栽小斋后，庶近幽人占。
晚堕兰麝中，休怀粉身念。

这是他的《江头五咏》之一，见到江畔丁香发此咏叹。时在宝应元年。诗中的“垫”字费解。仇注根据说文：“垫，下也。凡物之下坠皆可云垫。”好像是说丁香枝弱，故此下坠。施鸿保《读杜诗说》：“下堕义，与犹字不合。今人常语衬垫，若训作衬，则谓子结枝上，犹衬垫也。”施说有见。末两句意义嫌晦，大概是说丁香可制为香料，与兰麝同一归宿，未可视为粉身碎骨之厄。仇注认为是寓意“身名隳于脱节”，《杜臆》亦谓“公之咏物，俱有为而发，非就物赋物者。……丁香体虽柔弱，气却馨香，终与兰麝为偶，虽粉身甘之，此守死善道者。”似皆失之迂。

丁香结就是丁香蕾，形如钉，长三四分，故云丁香。北地俗人以为“丁”“钉”同音，出出入入地碰钉子，不吉利，所以正院堂前很少种丁香，只合“深栽小斋后”了。二十四年春我在北平寓所西跨院里种了四棵紫丁香。“白菡萏香，紫丁香肥。”丁香要紫的。起初只有三四尺高。十年后重来旧居，四棵高大的丁香打成一片，一半翻过了墙垂到邻家，一半斜坠下来挡住了我从卧室走到书房的路。这跨院是我的小天地，除了一条铺砖的路和一个石几两个石墩之外，本来别无长物，如今三分之二的空间付与了丁香。春暖花开的时候招蜂引蝶，满院香气四溢，尽是嘤嘤嗡嗡之声。又隔三十年，现在丁香如果无恙，不知谁是赏花人了。

兰

兰花品种繁多。所谓洋兰（卡特丽亚），顾名思义是外国来的品种，尽管花朵大，色彩鲜艳，我总觉得我们应该视如外宾，不但不可亵玩，而且不耐长久观赏。我们看一朵花，还要顾及它在我们文化历史上的渊源，这样才能引起较深的情愫。看花要如遇故人，多少旧事一齐兜上心来。在台湾，洋兰却大得其道，花展中姹紫嫣红大半是洋兰的天下，态浓意远的丽人出入“贵宾室”中，衣襟上佩戴的也多半是洋兰。我喜欢品赏的是我们中国的兰。

我是北方人，小时不曾见过兰。只从《芥子园画谱》上学得东一撇西一撇地画成为一个凤眼，然后再加一笔破凤眼。稍长，友人从福建捧着一盆兰花到北平，不但真的是捧着，而且给兰花特制一个木条笼子，避免沿途磕碰。我这才真个地见到了兰，素心兰。这个名字就雅，令人想起陶诗的句子“闻多素心人，乐与数晨夕”。花心是素的，花瓣也是素的，素白之中微泛一点绿意。面对素心兰，不禁联想到“弱不好弄，长实素心”的高士。兰的香味不是馥郁，是若有若无的缕缕幽香。讲到品格，兰的地位极高。我们常说“桂馥兰薰”，其实桂香太甜太浓，尚不能与兰相比。

来到台湾，我大开眼界。友人中颇有几位善于艺兰，所以我的窗前几上，有时候叨光也居然兰蕊驰馨。尝有客款扉，足尚未入户，就大叫起来："君家有素心兰耶？"这位朋友也是素心人，我后来给他送去一盆素心兰。我所有的几盆兰，不数年分植为数十盆，乃于后院墙角搭起一丈见方的小棚，用疏隔的竹篾遮覆以避骄阳直晒，竹篾上面加铺玻璃以防淫雨，因此还招致了"违章建筑"的罪名，几乎被报请拆除。竹篾上的玻璃引起了墙外行人的注意，不久就有半大不小的各色人物用砖石投掷，大概是因为玻璃破碎之声清脆悦耳之故。小棚因此没有能持久，跟着我的数十盆兰花也渐渐地支离破碎了。和我望衡对宇的是胡伟克先生，我发现他家里廊上、阶前、墙头、树下，到处都是兰花，大部分是洋兰，素心兰也有，而且他有一间宽大的温室，里面也堆满了兰花。胡先生有一只工作台子，上面放着显微镜，他用科学方法为兰花品种做新的交配，使兰花长得更肥，色泽更为鲜艳多姿。他的兰花在千盆以上。我听他的夫人抱怨："为了这些劳什子，我的手指都磨粗了。"我经常看见一车一车的盛开的兰花从他门前运走。他的家不仅是芝兰之室，真是芝兰工厂。

兰本来是来自山间，有苔藓覆根，雨露滋润，不需要什么肥料。移在盆里，它所需要的也只是适量的空气和水，盆里不可用普通的泥土，最好是用木炭、烧过的黏土、缸瓦碎片的三种混合物，取其通空气而易排水。也有人主张用砂、桂圆树皮、蛇木屑、木炭、碎石子混拌，然后每隔三个月用（NH4）2SO4+KCE液羼水喷洒一次。叶子上生虫也需勤加拂拭。总之，兰来自幽谷，在案头供养是不大自然的，要小心伺候了。

菊

花事至菊而尽，故曰蘜，蘜是菊之本字。蘜者，尽也。“兰有秀兮菊有芳，怀佳人兮不能忘。”这是汉武帝看着时光流转，自春徂秋，由花事如锦到花事阑珊，借着秋风而发的歌咏。菊和九月的关系密切，故九月被称为菊月，或称为菊秋，重阳日或径称为菊节。是日也，饮菊花茶，设菊花宴，还可以准备睡菊花枕，百病不生，平素饮菊潭水，可以长生到一百多岁。没有一种花比菊花和人的关系打得更火热。

自从陶渊明“采菊东篱下”之后，菊就代表一种清高的风格，生长在篱笆旁边，自然也就带着几分野趣。吕东莱的句子“短篱残菊一枝黄，正是乱山深处过重阳”，是很好的写照。经人工加以培养，菊好像是变了质。宋《乾淳岁时记》：“禁中例于八日作重九排当，于庆瑞殿分列万菊，灿然炫眼，且点菊灯，略如元夕。”这是在殿堂之上开菊展，当然又是一种情况。

菊是多年生草本，摘下幼枝插在土里就活。曩昔在北平家园中，一年之内曾繁殖数十盆，竟以秽恶之粪土培养之，深觉戚戚然于心未安。幼苗长大之后，枝弱不能挺立，则树细竹竿或秸秫以为支撑，并标以红纸签，写上“绿云”“紫玉”“蟹爪”“小白梨”……奇奇怪怪的名称。一盆一盆地放在“兔儿爷摊子”上（一排比一排高的梯形架），看上去一片花朵，闹则闹矣，但是哪能令人想到一丝一毫的“元亮遗风”？

台湾艺菊之风很盛，但是似乎不取其清瘦，而爱其痴肥。每一盆菊都修剪成独花孤挺，叶子的正面反面经常喷药，讲究从根到顶每片叶子都是肥大绿光，顶上的一朵花盛开时直像是特大的馒头一个，胖胖大大的，需要铁丝做盘撑托着它。千篇一律，朵朵如此。当然是很富态相。“帘卷西风，人比黄花瘦”，那时的黄花，一定不像如今的这样肥。

玫瑰

玫瑰，属蔷薇科。唐朝有一位徐寅，做过一首咏玫瑰的诗：

芳菲移自越王台，最似蔷薇好并栽。
秾艳尽怜胜彩绘，嘉名谁赠作玫瑰。
春藏锦绣风吹拆，天染琼瑶日照开。
为报朱衣早邀客，莫教零落委苍苔。

诗不见佳，但是让我们知道在唐朝玫瑰即已成了吟咏的对象。《群芳谱》说：“花亦类蔷薇，色淡紫，青橐黄蕊，瓣末白，娇艳芬馥，有香有色，堪入茶、入酒、入蜜。”这玫瑰，是我们固有品种的玫瑰，花朵小，红得发紫，香味特浓。可以熏茶，可以调酒（玫瑰露），可以做蜜汁（玫瑰木樨）。娇小玲珑，惹人怜爱。玫瑰多刺，被人视若蛇蝎，其实玫瑰何辜，它本不预备供人采摘。《三十客》列玫瑰为“刺客”，也是冤枉的。

外国的蔷薇品种不一，亦统称为玫瑰。常见有高至五六尺以上者，俨然成一小树，花朵肥大，除了深绯浅红者外，还有黄色的，别有风致。也有蔓生的一种，沿着篱笆墙壁伸展，可达一二丈外。白色的尤为盛旺。我有朋友蛰居台中，莳花自遣，曾贻我海外优良品种之玫瑰数本，我悉心培护，施以舶来之“玫瑰食粮”，果然绰约妩媚不同凡响，不过气候土壤皆不相宜，越年逐渐凋萎。园林有玫瑰专家，我曾专诚探访，畦圃广阔，洋洋大观，唯几乎全是外来品种，绚烂有余，韵味不足。求其能入茶入酒入蜜者，竟不可得，乃废然返。

—— 狗 ——

养狗的目的就是要它看家护院

我初到重庆，住在一间湫隘的小室里，窗外还三两棵肥硕的芭蕉，屋里益发显得阴森森的，每逢夜雨，凄惨欲绝。但凄凉中毕竟有些诗意，旅中得此，尚复何求？我所最感苦恼的乃是房门外的那一只狗。

我的房门外是一间穿堂，亦即房东一家老小用膳之地，餐桌底下永远卧着一条脑满肠肥的大狗。主人从来没有扫过地，每餐的残羹剩饭，骨屑稀粥，以及小儿便溺，全都在地上星罗棋布着，由那只大狗来舐得一干二净。如果有生人走进，狗便不免有所误会，以为是要和它争食，于是声色俱厉地猛扑过去。在这一家里，狗完全担负了“洒扫应对”的责任。

“君子有三畏”，猘犬其一也。我知道性命并无危险，但是每次出来进去总要经过它的防次，言语不通，思想亦异，每次都要引起摩擦，酿成冲突，日久之后真觉厌烦之至。其间曾经谋求种种对策，一度投以饵饼，期收绥靖之效，不料饵饼尚未啖完，乘我返身开锁之际，无警告地向我的腿部偷袭过来，又一度改取“进取乃最好之防御”的方法，转取主动，见头打头，见尾打尾，虽无挫衄，然积小胜终不能成大胜，且转战之余，血脉贲张，亦大失体统。因此外出即怵回家，回到房里又不敢多饮茶。不过使我最难堪的还不是狗，而是它的主人的态度。

狗从桌底下向我扑过来的时候，如果主人在场，我心里是存着一种奢望的，我觉得狗虽然也是高等动物，脊椎动物哺乳类，然而，究竟，至少在外形上，主人和我是属于较近似的一类，我希望他给我一些援助或同情。但是我错了，主客异势，亲疏有别，主人和狗站在同一立场。我并不是说主人也帮着狗狺狺然来对付我，他们尚不至于这样地合群。我是说主人对我并不解救，看着我的狼狈而哄然噱笑，泛起一种得意之色，面带着笑容对狗嗔骂几声：“小花！你昏了？连×先生你都不认识了！”骂的是狗，用的是让我所能听懂的语言。那弦外之音是：“我已尽了管束之责了，你如果被狗吃掉莫要怪我。”俗语说，“打狗看主人”，我觉得不看主人还好，看了主人我倒要狠狠地再打狗几棍。

后来我疏散下乡，遂脱离了这恶犬之家，听说继续住那间房的是一位军人，他也遭遇了狗的同样的待遇，也遭遇了狗的主人的同样的待遇，但是他比我有办法，他拔出枪来把狗当场格毙了，我于称快之余，想起那位主人的悲怆，又不能不付予同情了。特别是，残茶剩饭丢在地下无人舐，主人势必躬亲洒扫，其凄凉是可想而知的。

在乡下不是没有犬厄。没有背景的野犬是容易应付的，除了菜花黄时的疯犬不计外，普通的野犬都是些不修边幅的夹尾巴的可怜的东西，就是汪汪地叫起来也是有气无力的，不像人家豢养的狗那样振振有词自成系统。有些人家在门口挂着牌示“内有恶犬”，我觉得这比门里埋伏恶犬的人家要忠厚得多。我遇见过埋伏，往往猝不及防，惊惶大呼，主人闻声搴帘而出，嫣然而笑，肃客入座。从容相告狗在最近咬伤了多少人。这是一种有效的安慰，因为我之未及于难是比较可庆幸的事了。但是我终不明白，他为什么不索性养一只虎？来一个吃一个，来两个吃一双，岂不是更为体面么？

这道理我终于明白了。雅舍无围墙，而盗风炽，于是添置了一只狗。一日邮差贸贸然来，狗大声咆哮，邮差且战且走，蹒跚而逸，主人拊掌大笑。我顿有所悟。别人的狼狈永远是一件可笑的事，被狗所困的人是和踏在香蕉皮上面跌跤的人同样地可笑。养狗的目的就要它咬人，至少作吃人状。这就是等于养鸡是为要它生蛋一样，假如一只狗像一只猫一样，整天晒太阳睡觉，客人来便咪咪叫两声，然后逡巡而去，我想不但主人惭愧，客人也要惊讶。所以狗咬客人，在主人方面认为狗是克尽厥职，表面上尽管对客抱歉，内心里是有一种愉快，觉得我的这只狗并非是挂名差事，它守在岗位上发挥了作用。所以对狗一面苛责，一面也还要嘉勉。因此脸上才泛出那一层得意之色。还有衣裳楚楚的人，狗是不大咬的，这在主人也不能不有“先护我心”之感。所可遗憾者，有些主人并不以衣裳取人，亦并不以衣裳废人，而这种道理无法通知门上，有时不免要慢待嘉宾，不过就大体论，狗的眼力总是和它的主人差不了多少。所以，有这样多的人家都养狗。

—— 猫话 ——

猫和人建立了关系，人猫之间自然也会产生感情

《诗·大雅·韩奕》：“孔乐韩土，川泽訏訏，鲂鱮甫甫，麀鹿噳噳，有熊有罴，有猫有虎。”这是说韩城一地物产富饶，是好地方。原来猫也算是值得一提的动物，古时的猫是有实用价值的。《礼·郊特牲》：“迎猫，为其食田鼠也。”捉老鼠，一直是猫的特职。一般人家里也常有鼠患，棚顶墙根都能咬个大窟窿，半夜里到厨房餐室大嚼，偷油喝，啃蜡烛，再不就是地板上滚胡桃，甚至风雅起来也偶尔啮书卷，实在防不胜防，恼火之至。《黄山谷外集》卷七有一首《乞猫》，诗曰：

秋来鼠辈欺猫死，窥瓮翻盘搅夜眠。

闻道狸奴将数子，买鱼穿柳聘衔蝉。

这首诗是说家里的老猫死了，老鼠横行。随主簿家里的猫，听说要产小猫了，请求分赠一只，已准备买鱼静待小猫光临。衔蝉，俗语，猫名也。这首诗不算是山谷集中佳构，但是《后山诗话》却很推崇，“乞猫

诗，虽滑稽而可喜，千岁之下，读之如新。”到底山谷乞得猫了没有，不得而知。不过山谷又有一首《谢周文之送猫儿》，诗云：

养得狸奴立战功，将军细柳有家风。
一箪未厌鱼餐薄，四壁当令鼠穴空。

周家的猫不愧周亚夫细柳营的大将之风，大概是很善捕鼠。

鼠辈跳梁，靠猫来降伏，究竟是落后社会的现象。猫和人建立了关系，人猫之间自然也会产生感情。梅圣俞有一首《祭猫》诗，颇有情致：

自有五白猫，鼠不侵我书。
今朝五白死，祭与饭与鱼。
送之于中河，况尔非尔疏。
昔尔啮一鼠，衔鸣绕庭除。
欲使众鼠惊，意将清我庐。
一从登舟来，舟中同屋居。
糗粮虽甚薄，免食漏窃余。
此实尔有勤，有勤胜鸡猪。
世人重驱驾，谓不如马驴。
已矣莫复论，为尔聊欷歔。

这首诗还是着重猫的实用价值，不过忘形到尔汝，已经写出了对猫的一份情。宋·钱希白《南部新书》：“连山张大夫抟，好养猫，众色备有，皆自制佳名。每视事退，至中门，则数十头曳尾延颈接入。以绿纱为帏，聚其内，以为戏。或谓抟是猫精。”说来好像是奇谭，我相信其事大概不假。杨文璞先生对我说，他在纽哲塞住的时候，养猫一度多到三十几只，人处屋内如在猫笼。杨先生到舍下来，菁清称他为“猫王”。猫王一见我们的白猫王子，行亲鼻礼，白猫王子在他跟前服服帖帖，如旧相识。

一般说来，猫很可爱。如果给以适当的卫生设备，他不到处拆烂污，比狗强，也有时比某一些人强。我们的白猫王子，从小经过菁清的训练，如厕的时候四爪抓住缸沿，昂首蹲坐，那神情可以入画。可惜画工只爱画猫蝶图正午牡丹之类。猫喜欢磨他的趾甲，抓丝袜、抓沙发、抓被褥。菁清的办法是不时地给他剪趾甲，剪过之后还替他锉。到处给他铺小块的粗地毯，他睡起之后弓弓身就在小地毯上抓磨他的趾甲了。猫馋，可是他吃饱之后任何鱼腥美味他都不屑一顾，更不用说偷嘴。他吃饱之后不偷嘴，似乎也比某一些吃饱之后仍然要偷的人高明得多。

猫不会说话，似是一大缺陷。他顶多是喵喵叫两声，很难分辨其中的含义。可是菁清好像是略通猫语，据说那喵喵声有时是表示饥饿，有时是要人去清理他的卫生设备，有时是期望有人陪他玩耍。白猫王子玩绳、玩球、玩捉迷藏，现在又添了新花样，玩“捕风捉影”。灯下把撑衣架一晃，影子映在墙上，他就狼奔豕窜地扑捉影子！有些人不是也很喜欢捕风捉影地谈论人家的短长么？宋·彭乘《续墨客挥犀》：“鄱阳龚氏，其家众妖竞作，乃召女巫徐姥者，使治之。时尚寒，有二猫正伏炉侧，家人指谓姥曰：‘吾家百物皆为异，不为异者独此猫耳。’于是猫亦人立，拱手而言曰：‘不敢。’姥大骇，走去。”我真盼望我们的白猫王子有一天也能人立拱手而言。西谚有云：“佳酿能使猫言。”莎士比亚《暴风雨》曾引用其意（二·二·八六），想是夸张其辞。猫不能言，犹之乎“猫有九条命”一样的不足信，命只有一条。

人之好恶不同，各如其面。尽管有人爱猫爱得发狂，抚摩他、抱他、吻他，但是仍有人不喜欢猫。莎士比亚《威尼斯商人》（四·一·四八）就说“有些人见猫就要发狂”。不是爱得发狂，是厌恶得发狂。我起初还不大了解。后来有一位朋友要来看我，预先风闻我家有白猫王子，就特别先打电话要我把猫关起。我想这也许是一种过敏反应。《挥麈新谈》曾记猫有五德之说：“猫见鼠不捕，仁也。鼠夺其食而让之，义也。客至设馔则出，礼也。藏物虽密能窃食之，智也。每冬月辄入灶，信也。”这是鸡有五德之说的翻版，像这样的一只猫未必可爱。猫有许多可人意处，猫喜欢偎在人身边，有时且枕着你的臂腿呼呼大睡，此时不可误会，其实猫怕冷怕寂寞。有时你在寒窗之下伏案作书，猫能蹲踞案头，缩在桌灯罩下呼噜呼噜地响上个把钟头，此时亦不可误会，猫只是在享受灯光下散发出来的热气。如加呵斥，他会抑郁很久，如施夏楚，他会沮丧半天。猫有令人难以理解的嗜好，他喜欢到处去闻，不一定是寻求猎物，客来他会闻人的脚闻人的鞋，好像那里有什么异香。最令人嫌恶的是春天来到的时候猫在房檐上怪声怪气地叫嗥，东一声叫，西一声应，然后是稀里哗啦的一阵乱叫乱跑。鲁迅先生在一篇文字里说他最厌听猫叫，他被吵醒便拿起大竹竿去驱逐。猫叫春是天性，驱得了么？

有义犬义马救主之说，没听说过义猫。猫长得肥肥胖胖，刷洗得干干净净，吃饱了睡，睡醒了吃，主人看着欢喜，也就罢了，谁还稀罕一只猫对你有什么报酬？在英文里feline（猫）一字带有阴险狡诈之义，我想这也许有一点冤枉。有人养猫，猫多为患，送一只给人家去，不久就返回老家。主人无奈，用汽车载送到郊外山上放生，没过几天，猫居然又回来了。回来时瘦骨嶙峋，一身污泥。主人大受感动，不再遗弃他，养他到老。猫也识得家，不必只是狐死首丘。

英国诗人中，十八世纪的斯玛特（Smart）最爱猫，我曾为文介绍，兹不赘。另外一位诗人陶玛斯·格雷有一首有名的小诗，写一只猫之溺死于金鱼缸内。那只缸内必是一只相当大的缸，否则不至于把猫淹死。可惜那时候没有司马光一类的人在旁营救。那只猫不是格雷的，是他朋友何瑞斯·窝波耳的，所以他写来轻松，亦谐亦讽而不带感情。

诗曰：

一只爱猫之死
是在一只大瓷缸旁边
上有中国彩笔绘染
盛开着的蓝花；
赛狸玛那只最乖的斑猫，
在缸边若有所思地斜靠，
注视下面的水洼。
她摇动尾巴表示欢喜；
圆脸庞，雪白的胡须，
丝绒般的足掌，
龟背纹似的毛衣一件，
黑玉的耳朵，翡翠的眼，
她都看到；呜呜地赞赏。
她不停地注视；水波之间
泳过两个形体美似天仙，
是巡游的女神在水里：

她们的鳞甲用上好颜料漆过
看来是红得发紫的颜色，
在水里闪出金光一缕。
不幸的女神惊奇地看到：
先是一绺胡须，随后是爪，
她几度有动于衷，
她想去抓却抓不到。
哪个女人见了金子不想要？
哪个猫儿不爱鱼腥？
妄想的小姐！她再度地
弓着腰，再度地抓去，
不知距离有多远。
（命运之神在一边坐着笑她。）
她的脚在缸沿上一滑，
她一头栽进了缸里面。
她把头八次探出水面，
咪咪地向各路水神呼唤，
迅速地前来搭救。
海豚不来，海神不管，
仆人丫鬟都没有听见，

爱猫没有朋友！

此后，美人儿们，莫再受骗，

一失足便是永远的遗憾。

要大胆也要小心。

引你目眩心惊的五光十色

不全是你们分所应得；

闪闪发亮光的不全是金！

黑猫公主的个性相当泼辣也相当灵活

白猫王子今年四岁，胖嘟嘟的，体重在十斤以上，我抱它上下楼两臂觉得很吃力，它吃饱伸直了躯体侧卧在地板上足足两尺开外（尾巴不在内）。没想到四年的工夫它有这样长足的进展。高信疆、柯元馨伉俪来，说它不像是猫，简直是一头小豹子。按照猫的寿命年龄，四岁相当于我们人类弱冠之年，也许不会再长多少了吧。

白猫王子饱食终日，吃饱了洗脸，洗完脸倒头大睡。家里没有老鼠可抓，它无用武之地。凭它的嗅觉，它不放过一只蟑螂，见了蟑螂它就紧迫追踪，又想抓又害怕，等到菁清举起苍蝇拍子打蟑螂时，它又怕殃及池鱼藏到一个角落里去了。我们晚间外出应酬，先把它的晚餐备好，鲜鱼一钵，清汤一盂，然后给它盖上一床被毯，或是给它搭一个蒙古包似的帐篷。等我们回家的时候，它依然蜷卧原处。它的那床被毯颇适合它的身材。菁清在一个专卖儿童用物的货柜上选购那被毯的时候，精挑细选，不是嫌大就是嫌小，店员不耐地问："几岁了？"

菁清说："三岁多。"店员说："不对，不对，三岁这个太小了。"菁清说："是猫。"店员愣住了，她没卖过猫被。陆放翁《赠粉鼻》诗有句："问渠何似朱门里，日饱鱼餐睡锦茵。"寒舍不比朱门，但是鱼餐锦茵却是具备了。

白猫王子足不出户，但是江湖上已薄有小名。修漏的工人、油漆的工人、送货的工人，看见猫蹲在门口，时常指着它问："是白猫王子吧？"我说是，他就仔细端详一番，夸奖几句，猫并不理会，大摇大摆而去。猫若是人，应该说声谢谢。这只猫没有闲事挂心头，应该算是幸福的，只是没有同类的伴侣，形单影只，怕不免寂寞之感。菁清有一晚买来一只泰国猫，一身棕色毛，小脸乌黑，跳跳蹦蹦十分活跃，菁清唤她作"小太妹"。白猫王子也许是以为非我族类其心必异，相处似不投机，双方都常呜呜地吼，作蓄势待发状。虽然是两个恰恰好，双份的供养还是使人不胜负荷。我取得菁清同意，决计把小太妹举以赠人。陈秀英的女儿乐滢爱猫如命，遂给她带走了。白猫王子一直是孤家寡人一个。

有一天我们居住的大厦门前有两只小猫光临，一白一黑，盘旋不去，瘦骨嶙峋，蓬首垢面，不知是谁家的遗弃，夜寒风峭，十分可怜。菁清又动了恻隐之心。"我们给抱上来吧？"我说不，家里有两只猫，将要喧宾夺主。菁清一声不响端着白猫王子吃剩的鱼加上一点米饭送到楼下去了。两只猫如饿虎扑食，一霎间风卷残云，她顾而乐之。于是由一天送鱼一次，而二次，而三次，而且抽暇给两只猫用干粉洁身。我不由自主地也参加了送猫饭的行列。人住十二层楼上，猫在道边门口，势难长久。其中黑的一只，两只大蓝眼睛，白胡须，两排白牙，特别讨人欢喜。好不容易我们给黑猫找到了可以信赖的归宿。我们认识的廖先生，他和他一家人都爱猫，于是菁清把黑猫装在提笼里交由廖先生携去。事后菁清打了两次电话，知道黑猫情况良好，也就放心了。只剩下一只白猫独自卧在门口。看样子他很忧郁，突然失去伴侣当然寂寞。

事有凑巧，不知从哪里又来了一只小黑猫。这只小黑猫大概出生有六个月，看牙齿就可以知道。除了浑身漆黑之外，四爪雪白，胸前还有一块白斑，据说这种猫名为“踏雪寻梅”，还蛮有名堂的。又有人说，本地有些人认为黑猫不吉利。在外国倒是有此一说，以为黑猫越途，不吉。哀德加·阿兰·坡有一篇恐怖小说，题名就是《黑猫》，这篇小说我没读过，不知黑猫在里面扮的是什么角色。无论如何白猫又有了伴侣，我们楼上楼下一天三次照旧喂两只猫，如是者约两个星期。

有一夜晚，菁清面色凝重地对我说：“楼下出事了！”我问何事惊慌，她说据告白猫被汽车轧死了。生死事大，命在须臾，一切有情莫不如此，但是这只白猫刚刚吃饱几天，刚刚洗过一两次，刚刚失去一黑猫又得到一黑猫为伴，却没来由地粉身碎骨死在车轮之下！我半晌无语，喉头好像有哽结的感觉。缘尽于此，没有说的。菁清又徐徐地说：“事已到此，我别无选择，把小猫抱上来了。”好像是若不立刻抱上来，也会被车辗死。在这情形之下，我也不能反对了。

“猫在哪里？”

“在我的浴室里。”

我走进去一看，黑暗的角落里两只黄色的亮晶晶的眼睛在闪亮，再走近看，白须、白下巴颏儿、白爪子，都显露出来了。先喂一钵鱼，给她压压惊。我们决定暂时把她关在一间浴室里，驯服她的野性，择吉再令她和白猫王子见面。菁清问我：“给她起个什么名字呢？”我想不出。她说：“就叫黑猫公主吧。”

黑猫公主的个性相当泼辣，也相当灵活，头一天夜晚她就钻到藏化妆品的小柜橱里。凡是有柜门的地方她都不放过。我说这样淘气可不行，家里瓶瓶罐罐的东西不少，哪禁得她横冲直撞？菁清就说；“你忘了？白猫王子初来我家不也是这样么？”她的意思是，慢慢管教，树大自直。要使这黑猫长久居留，菁清有进一步的措施，给公主做体格检查。兽医辜泰堂先生业务极忙，难得有空出来门诊，可是他竟然肯来。在他检查之下，证明黑猫公主一切正常，临行时给她打了两针预防霍乱之类的药剂。事情发展到此，黑猫公主的户籍就算暂时确定了。她与白猫王子以后是否能够相处得如鱼得水，且待查看再说。

—— 骆驼 ——

任重而道远的家伙

台北没有什么好去处。我从前常喜欢到动物园走动走动，其中两个地方对我有诱惑。一个是一家茶馆，有高屋建瓴之势，凭窗远眺，一片油绿的田畴，小川蜿蜒其间，颇可使人目旷神怡。另一值得看的便是那一双骆驼了。

有人喜欢看猴子，看那些乖巧伶俐的动物，略具人形，而生活究竟简陋，于是令人不由得生出优越之感，掏一把花生米掷进去。有人喜欢看狮子跳火圈，狗做算学，老虎翻筋斗，觉得有趣。我之看骆驼则是另外一种心情，骆驼扮演的是悲剧的角色。它的槛外是冷清清的，没有游人围绕，所谓槛也只是一根杉木横着拦在门口，地上是烂糟糟的泥。它卧在那里，老远一看，真像是大块的毛姜。逼近一看，可真吓人！一块块的毛都在脱落，斑驳的皮肤上隐隐地露着血迹。嘴张着，下巴垂着，有上气无下气地在喘。水汪汪的两只大眼睛好像是眼泪扑簌地盼望着能见亲族一面似的。腰间的肋骨历历可数，颈子又细又长，尾巴像是一条破扫帚。驼峰只剩下了干皮，像是一只麻袋搭在背上。骆驼为什么落到这悲惨地步呢？难道“沙漠之舟”的雄姿即不过如是吗？

我心目中的骆驼不是这样的。儿时在家乡，一听见大钢铃叮叮当当就知道送煤的骆驼队来了，愧无管宁的修养，往往夺门出视。一根细绳穿系着好几只骆驼，有时是十只八只的，一顺地立在路边。满脸煤污的煤商一声吆喝，骆驼便乖乖地跪下来给人卸货，嘴角往往流着白沫，口里不住地嚼——反刍。有时还跟着一只小骆驼，几乎用跑步在后面追随着。面对着这样庞大而温驯的驮兽，我们不能不惊异地欣赏。

是亚热带的气候不适于骆驼居住（非洲北部的国家有骆驼兵团，在沙漠中驰骋，以骁勇善战著名，不过那骆驼是单峰骆驼，不是我们所说的双峰骆驼）。动物园的那一双骆驼不久就不见了，标本室也没有空间容纳它们。我从此也不大常去动物园了。我常想：公文书里罢黜一个人的时候常用“人地不宜”四字，总算是一个比较体面的下台的借口。这骆驼之黯然消逝，也许就是类似“人地不宜”之故罢？生长在北方大地之上的巨兽，如何能局促在这样的小小圈子里，如何能耐得住这炎方的郁蒸？它们当然要憔悴，要悒悒，要委顿以死。我想它们看着身上的毛一块块地脱落，真的要变成为“有板无毛”的状态，蕉风椰雨，晨夕对泣，心里多么凄凉！真不知是什么人恶作剧，把它们运到此间，使得它们尝受这一段酸辛，使得我们也兴起“人何以堪”的感叹!

其实，骆驼不仅是在这炎蒸之地难以生存，就是在北方大陆其命运也是在日趋于衰微。在运输事业机械化的时代，谁还肯牵着一串串的骆驼招摇过市？沙漠地带该是骆驼的用武之地了，但现在沙漠里听说也有了现代的交通工具。骆驼是驯兽，自己不复能在野外繁殖谋生。等到为人类服务的机会完全消灭的时候，我不知道它将如何繁衍下去。最悲惨的是，大家都讥笑它是兽类中最蠢的当中的一个：因为它只会消极地忍耐。给它背上驮五磅的重载，它会跪下来承受。它肯食用大多数哺乳动物所拒绝食用的荆棘苦草，它肯饮用带盐味的脏水。它奔走三天三夜可以不喝水，并不是因为它的肚子里储藏着水，是因为它在体内由于脂肪氧化而制造出水。它的驼峰据说是美味，我虽未尝过，可是想想熊掌的味道，大概也不过尔尔。像这样的动物若是从地面上消逝，可能不至于引起多少人惋惜。尤其是在如今这个世界，大家所最欢喜豢养的乃是善伺人意的哈巴狗，像骆驼这样的“任重而道远”的家伙，恐怕只好由它一声不响地从这世界舞台上退下去罢!

—— 一只野猫 ——

恻隐之心，人皆有之

流浪街头无人豢养的猫，叫作野猫。通常是瘦得皮包骨，一身渍泥，瞪着大眼嗥嗥地叫，见人就跑。英语称之为街猫，以别于家猫，似较为确切，因为野猫是另一种东西，本名lynx，我们称之为山猫，大概也就是我们酒席上的果子狸。

稀脏邋遢的孩子，在街上鬼混，我们称之为野孩子。其实他和良家子弟属于同一品种，不是蛮荒的野人的孑遗，只是缺乏教养失去了家庭温暖的可怜的孩子。猫也是一样。踯躅街头嗷嗷待哺的猫，我也似乎不该叫它为野猫，只因一时想不起较合适的名称，暂时委屈它一下称之为野猫吧。

一般的野猫，其实是驯顺的，而且很胆怯。在垃圾堆旁的野猫都是贼眉鼠眼的，一面寻食，一面怕狗，更怕那些比狗更凶的人。我们在街上看见几只野猫，怜其孤苦伶仃，顶多付诸一叹，焉能广为庇护使尽得其所？但是如果一只野猫不时地在你大门外出现，时常跟着你走，有时候到了夜晚蹲在你的门前守候着你，等你走近便叫一声“咪噢”而你听起来好像是叫一声“妈”……恐怕你就不能不心动一下，恻隐之心，人皆有之。

菁清最近遇到了这样的一只野猫。白毛，大块的黑斑，耳朵是黑的，尾巴是黑的，背上疏疏落落的有三五大块黑，显着粗豪，但不难看，很脏，但是很胖，也许本是家猫而被遗弃的，也许它善于保养而猎食有道。它跟了菁清几天，她不能恝置不理了，俯下身去摸摸它，哇，毛一缕缕地黏结在一起，刚鬣，大概是好久不曾梳洗。

“我们把它抱到家里来吧？”菁清说。

我断然说：“不可。”

我们家已经有白猫王子和黑猫公主，一雌一雄，其饮食起居以及医药卫生之所需，已经使我们两个忙得团团转，如果善门大开，寒家之内势将喧宾夺主。菁清听了没说什么，拿一钵鱼一盂水送到门口外，就像是在路边给过往行人“奉茶”的那个样子。

如是者数日，野猫每日准时到达门口领食，更难得的是施主每日准时放置饮食于固定之处待领。有时吆喝一声，它不知从哪里蹿了出来，欣然领受这份嗟来之食。

有好几天不见猫来。心想不妙，必是遭遇了什么意外。果然，它再度出现时，尾巴中间一截血淋淋的毛皮尽脱，露出一段细细的似断未断的骨头。它有气无力地叫。我猜想也许是被哪一家的弹簧门夹住了尾巴。菁清说一定是狗咬的。本来尾巴没有用，老早就该进化淘汰掉的，留着总是要惹麻烦。菁清说："以后教它上楼到我们房门口来吃吧。"我看着它的血丝呼啦的尾巴，也只好点点头。从此这只猫更上一层楼，到了我们的房门口。不过我有话在先，我在这里画最后一道线，不能再越雷池一步，登堂入室是绝不可以的。菁清说："这只猫，总得有个名字，就叫它'小花子'吧。"怜其境遇如乞食的小叫花子，同时它又是一身黑白花。

小花子到房门口，身份好像升了一级。尾巴的伤养好了，猫有九条命，些许皮肉之伤算不了什么。菁清给它梳洗了一番，立刻容光焕发。看它直咳嗽，又喂了它几颗保济丸。它好想走进我们的房间，有时候伸一只爪子隔在门缝里，不让我们关门，我心里好惭悚，为什么这样自私，不肯再多给它一点温暖！菁清拿出一条棉絮放在门外，小花子吃饱之后，照例洗洗脸，便蜷着身子在棉絮上面睡了。小花子仅仅免于冻馁而已。它晚间来到门口膳宿，白天就不知道云游何处了。

白猫王子听得门外有同类的呼声，起初是兴奋，观察许久，发出呼噜的吼声，小花子吓得倒退。对于这不速之客，白猫王子好像不表欢迎。一门之隔，幸与不幸，判如霄壤。一个是食鲜眠锦，一个是踵门乞食。世间没有平等可言！

第二部分

心守一事，都不如快活了便宜

—— 晒书记 ——

人生贵适意

《世说新语》:“郝隆七月七日，出日中仰卧，人问其故，曰:‘我晒书。’”

我曾想，这位郝先生直挺挺地躺在七月的骄阳之下，晒得浑身滚烫，两眼冒金星，所为何来?他当然不是在作日光浴，书上没有说他脱光了身子。他本不是刘伶那样的裸体主义者。我想他是故作惊人之状，好引起“人问其故”，他好说出他的那一句惊人之语“我晒书”。如果旁人视若无睹，见怪不怪，这位郝先生也只好站起来拍拍衣服上的灰尘而去。郝先生的意思只是要向侪辈夸示他的肚里全是书。书既装在肚里，其实就不必晒。

不过我还是很羡慕郝先生之能把书藏在肚里。至少没有晒书的麻烦。我很爱书，但不一定是爱读书。数十年来，书也收藏了一点，可是并没有能尽量地收藏到肚里去。到如今，腹笥还是很俭。所以读到《世说新语》

这一则，便有一点惭愧。

先严在世的时候，每次出门回来必定买回一包包的书籍。他喜欢研究的主要是小学，旁及于金石之学，积年累月，收集渐多。我少时无形中亦感染了这个嗜好，见有合意的书即欲购来而后快。限于资力学力，当然谈不到什么藏书的规模。不过汗牛充栋的情形却是体会到了，搬书要爬梯子，晒一次书要出许多汗，只是出汗的是人，不是牛。每晒一次书，全家老小都累得气咻咻然，真是天翻地覆的一件大事。见有衣鱼蛀蚀，先严必定蹙额太息，感慨地说："有书不读，叫蠹鱼去吃也罢。"刻了一颗小印，曰"饱蠹楼"，藏书所以饱蠹而已。我心里很难过，家有藏书而用以饱蠹，子女不肖，贻先人羞。

丧乱以来，所有的藏书都弃置在家乡，起先还叮嘱家人要按时晒书，后来音信断绝也就无法顾到了。仓皇南下之日，我只带了一箱书籍，辗转播迁，历尽艰苦。曾穷三年之力搜购杜诗六十余种版本，因体积过大亦留在大陆。从此不敢再作藏书之想。此间炎热，好像蠹鱼繁殖特快，随身带来的一些书籍竟被蛀蚀得体无完肤，情况之烈前所未有。日前放晴，运到阶前展晒，不禁想起从前在家乡晒书，往事历历，如在目前。南渡诸贤，新亭对泣，联想当时确有不得不然的道理在。我正在伛偻着背，一册册地拂拭，有客施施然来，看见阶上阶下五色缤纷的群籍杂陈，再看到书上蛀蚀透背的惨状，对我发出轻微的嘲笑道：“读书人竟放任蠹虫猖狂乃尔！”我回答说：“书有未曾经我读，还需拿出曝晒，正有愧于郝隆；但是造物小儿对于人的身心之蛀蚀，年复一年，日益加深，使人意气消沉，使人形销骨毁，其惨烈恐有甚于蠹鱼之蛀书本者。人生贵适意，蠹鱼求一饱，两俱相忘，何必戚戚？”客嘿然退。乃收拾残卷，抱入室内。而内心激动，久久不平，想起饱蠹楼前趋庭之日，自惭老大，深愧未学，忧思百结，不得了脱。夜深人静，爰濡笔为之记。

—— 纽约的旧书铺 ——

买旧书不是容易事

我所看见的在中国号称“大”的图书馆，有的还不如纽约下城十四街的旧书铺。纽约的旧书铺是极引诱人的一种去处，假如我现在想再到纽约去，旧书铺是我所要首先去流连的地方。

有钱的人大半不买书，买书的人大半没有多少钱。旧书铺里可以用最低的价钱买到最好的书。我用三块五角钱买到一部Jewett译的《柏拉图全集》，用一块钱买到第三版的《亚里士多德之诗与艺术的学说》就是最著名的那个Butcher的译本——这是我买便宜书之最高的纪录。

罗斯丹的戏剧全集，英文译本，有两大厚本，定价想来是不便宜，有一次我陪着一位朋友去逛旧书铺，在一家看到全集的第一册，在另一家又看到全集的第二册，我们便不动声色地用五角钱买了第一册，又用五角钱买了第二册。用同样的方法我们在三家书铺又拼凑起一部《品内罗戏剧全集》。后来我们又想如法炮制拼凑一部《易卜生全集》，无奈工作太伟大了，没有能成功。

别以为买旧书是容易事。第一，你这两条腿就受不了，串过十几家书铺以后，至少也要三四个钟头，则两腿谋革命矣。饿了的时候，十四街有的是卖“热狗”的，腊肠似的鲜红的一条肠子夹在两片面包里，再涂上一些芥末，颇有异味。再看看你两只手，可不得了，至少有一分多厚的灰尘。然后你左手挟着一包，右手提着一包，在地底电车里东冲西撞地踉跄而归。

书铺老板比买书的人精明。什么样的书有什么样的行市，你不用想骗他。并且买书的时候还要仔细，有时候买到家来便可发现版次的不对，或竟脱落了几十页。遇到合意的书不能立刻就买，因为顶痛心的事无过于买妥之后走到别家价钱还要便宜；也不能不立刻就买，因为才一回头的工夫，手长的就许先抢去了。这里面颇有一番心机。

在中国买英文书，价钱太贵还在其次，简直的就买不到。因此我时常的忆起纽约的旧书铺。

—— 写字 ——

从前，写字是一件大事

在从前，写字是一件大事，在“念背打”教育体系当中占一个很重要的位置，从描红模子的横平竖直，到写墨卷的黑大圆光，中间不知有多大艰苦。记得小时候写字，老师冷不防地从你脑后把你的毛笔抽走，弄得你一手掌的墨，这证明你执笔不坚，是要受惩罚的。这样恶作剧还不够，有的在笔管上套大铜钱，一个，两个，乃至三四个，摇动笔管只觉头重脚轻，这原理是和国术家腿上绑沙袋差不多，一旦解开重负便会身轻似燕极尽飞檐走壁之能事，如果练字的时候笔管上驮着好几两重的金属，一旦握起不加附件的竹管，当然会龙飞蛇舞，得心应手了。写一寸径的大字，也有人主张用悬腕法，甚至悬肘法，写字如站桩，挺起腰板，咬紧牙关，正襟危坐，道貌岸然，在这种姿态中写出来的字，据说是能力透纸背。现代的人无须受这种折磨。“科举”已经废除了，只会写几个“行”“阅”“如拟”“照办”，便可为官。自来水笔代替了毛笔，横行左行也可以应酬问世，写字一道，渐渐地要变成“国粹”了。

当作一种艺术看，中国书法是很独特的。因为字是艺术，所以什么“永字八法”之类的说教，其效用也就和“新诗做法”“小说做法”相差不多。绳墨当然是可以教的，而巧妙各有不同，关键在于个人。写字最容易泄露一个人的个性，所谓“字如其人”大抵不诬。如果每个字都方方正正，其人大概拘谨；如果伸胳臂拉腿的都逸出格外，其人必定豪放；字瘦如柴，其人必如排骨；字如墨猪，其人必近于“五百斤油”。所以郑板桥的字，就应该是那样的倾斜古怪，才和他那吃狗肉傲公卿的气概相称。颜鲁公的字就应该是那样的端庄凝重，才和他的临难不苟的品格相合，其间无丝毫勉强。

在“文字国”里，需要写字的地方特别多。擘窠大字至蝇头小楷，都有用途。可惜的是，写字的人往往不能用其所长，且常用错了地方。譬如，凿石摹壁的大字，如果不能使山川生色，就不如给当铺酱园写写招牌，至不济也可以给煤栈写“南山高煤”。有些人的字不宜在壁上题诗，改写春联或“抬头见喜”就合适得多。有的人写字技术非常娴熟，在茶壶盖上写“一片冰心”是可以胜任的，却偏爱给人题跋字画。中堂条幅对联，其实是人人都可以写的，不过悬挂的地点应该有个分别，有的宜于挂在书斋客堂，有的宜于挂在饭铺理发馆，求其环境配合，气味相投，如是而已。

“善书者不择笔”，此说未必尽然，秃笔写铁线篆，未尝不可，临赵孟頫《心经》就有困难。字写得坚挺俊俏，所用大概是尖毫。笔墨纸砚，对于字的影响是不可限量的。有时候写字的人除了工具之外还讲究一点特殊的技巧，最妙者无过于某公之一笔虎，八尺的宣纸，布满了一个虎字，气势磅礴，一气呵成，尤其是那一直竖，顶天立地的笔直一根杉木似的，煞是吓人。据说，这是有特别办法的，法用马弁一名，牵着纸端，在写到那一竖的时候把笔顿好，喊一声“拉”，马弁牵着纸就往后扯，笔直的一竖自然完成。

写字的人有瘾，瘾大了就非要替人写字不可，看着人家的白扇面，就觉得上面缺点什么，至少也应该有“精气神”三个字。相传有人爱写字，尤其是爱写扇子，后来腿坏，以至无扇可写。人问其故，原来是大家见了他就跑，他追赶不上了。如果字真写到好处，当然不需腿健，但写字的人究竟是腿健者居多。

—— 诗人 ——

假如一个诗人住在隔壁

有人说：“在历史里一个诗人似乎是神圣的，但是一个诗人在隔壁便是个笑话。”这话不错。看看古代诗人画像，一个个的都是宽衣博带，飘飘欲仙，好像不食人间烟火的样子。《辋川图》里的人物，弈棋饮酒，投壶流觞，一个个的都是儒冠羽衣，意态萧然，我们只觉得摩诘当年，千古风流，而他在苦吟时堕入醋瓮里的那副尴尬相，并没有人给他写书流传；我们凭吊浣花溪畔的工部草堂，遥想杜陵野老典衣易酒卜居茅茨之状，吟哦沧浪，主管风骚，而他在耒阳狂啖牛炙白酒胀饫而死的景象，却不雅观。我们对于死人，照例是隐恶扬善，何况是古代诗人，篇章遗传，好像是瘀唾珠玑，纵然有些小小乖僻，自当加以美化，更可资为谈助。王摩诘堕入醋瓮，是他自己的醋瓮，不是我们家的水缸；杜工部旅中困顿，累的是耒阳知县，不是向我家叨扰。一般人读诗，犹如观剧，只是在前台欣赏，并无须厕身后台打听优伶身世，即使刺听得多少奇闻轶事，也只合作为梨园掌故而已。

假如一个诗人住在隔壁，便不同了。虽然几乎家家门口都写着“诗书继世长”，懂得诗的人并不多。如果我是一个名利中人，而隔壁住着一个诗人，他的大作永远不会给我看，我看了也必以为不值一文钱，他会给我以白眼，我看看他一定也不顺眼。诗人没有常光顾理发店的，他的头发作飞蓬状，作狮子狗状，作艺术家状。他如果是穿中装的，一定像是算命瞎子，两脚泥；他如果是穿西装的，一定是像卖毛毯子的白俄，一身灰。他游手好闲，他白昼做梦，他无病呻吟，他有时深居简出，闭门谢客，他有时终年流浪，到处为家，他哭笑无常，他饮食无度，他有时贫无立锥，他有时挥金似土。如果是个女诗人，她口里可以衔只大雪茄；如果是男的，他向各形各色的女人去膜拜。他喜欢烟、酒、小孩、花草、小动物——他看见一只老鼠可以做一首诗，他在胸口上摸出一只虱子也会做成一首诗。他的生活习惯有许多与人不同的地方。有一个人告诉我，他曾和一个诗人比邻，有一次同出远游，诗人未带牙刷，据云留在家里为太太使用，问之曰：“你们原来共用一把么？”诗人大惊曰：“难道你们是各用一把么？”

诗人住在隔壁，是个怪物，走在街上尤易引起误会。伯朗宁有一首诗《当代人对诗人的观感》，描写一个西班牙的诗人性好观察社会人生，以致被人误认为是一个特务，这是何等的讥讽！他穿的是一身破旧的黑衣服，手杖敲着地，后面跟着一条秃瞎老狗，看着鞋匠修理皮鞋，看人切柠檬片放在饮料里，看焙咖啡的火盆，用半只眼睛看书摊，谁虐打牲畜谁咒骂女人都逃不了他的注意——所以他大概是个特务，把观察所得呈报国王。看他那个模样儿，上了点年纪，那两道眉毛，亏他的眼睛在下面住着，鼻子的形状和颜色都像魔爪。某甲遇难，某乙失踪，某丙得到他的情妇——还不都是他干下的事？他费这样大的心机，也不知得多少报酬。大家都说他回家用晚膳的时候，灯火辉煌，墙上挂着四张名画，二十名裸体女人给他捧盘换盏。其实，这可怜的人过的乃是另一种生活，他就住在桥边第三家，新油刷的一幢房子，全街的人都可以看见他交叉着腿，把脚放在狗背上，和他的女仆在打纸牌，吃的是酪饼水果，十点钟就上床睡了。他死的时候还穿着那件破大衣，没膝的泥，吃的是面包壳，脏得像一条熏鱼。

这位西班牙的诗人还算是幸运的，被人当作特务，在另一个国度里，这样一个形迹可疑的诗人可能成为特务的对象。

变戏法的总要念几句咒，故弄玄虚，增加他的神秘。诗人也不免几分江湖气，不是谪仙，就是鬼才，再不就是梦笔生花，总有几分阴阳怪气。外国诗人更厉害，做诗时能直接地祷求神助，好像是仙灵附体的样子。

一颗沙里看出一个世界，

一朵野花里看出一个天堂，

把无限抓在你的手掌里，

把永恒放进一刹那的时光。

若是没有一点慧根的人，能说出这样的鬼话么？你不懂？你是蠢才！你说你懂，你便可跻身于风雅之林，你究竟懂不懂，天知道。

大概每个人都曾经有过做诗人的一段经验。在“怨黄莺儿作对，怪粉蝶儿成双”的时节，看花谢也心惊，听猫叫也难过，诗就会来了，如枝头舒叶那么自然。但是入世稍深，渐渐煎熬成为一颗“煮硬了的蛋”，散文从门口进来，诗从窗口出去了。“嘴唇在不能亲吻的时候才肯唱歌。”一个人如果达到相当年龄，还不失赤子之心，经风吹雨打，方寸间还能诗意盎然，他是得天独厚，他是诗人。

诗不能卖钱，一首新诗，如拈断数根须即能脱稿，那成本还是轻的，怕的是像牡蛎肚里的一颗明珠，那本是一块病，经过多久的滋润涵养才能磨炼孕育成功，写出来到哪里去找顾主？诗不能给富人客厅里摆设做装潢，诗不能给广大的读者以娱乐。富人要的是字画珍玩，大众要的是小说戏剧，诗，短短一橛，充篇幅都不中用。诗是这样无用的东西，所以以诗为业的诗人，如果住在你的隔壁，自然是个笑话。将来在历史上能否就成为神圣，也很渺茫。

“音乐的耳朵”不是人人都有

一个朋友来信说：“……我从来没有像现在这样烦恼过。住在我的隔壁的是一群在×××服务的女孩子，一回到家便大声歌唱，所唱的无非是些××歌曲，但是她们唱的腔调证明她们从来没有考虑过原制曲者所要产生的效果。我不能请她们闭嘴，也不能喊‘停’，只得像在理发馆洗头时无可奈何地用棉花塞起耳朵来……”

我同情于这位朋友，但是他的烦恼不是他一个人有的。我常想，音乐这样东西，在所有的艺术里，是最富于侵略性的。别种艺术，如图画雕刻，都是固定的，你不高兴欣赏便可以不必寓目，各不相扰；唯独音乐，声音一响，随着空气波荡而来，照直侵入你的耳朵，而耳朵平常都是不设防的，只得毫无抵御地任它震荡刺激。自以为能书善画的人，诚然也有令人不舒服的时候。据说有人拿着素扇跪在一位书画家面前，并非敬求墨宝，而是求他高抬贵手，别糟蹋他的扇子。这究竟是例外情形。书家画家并不强迫人家瞻仰他的作品，而所谓音乐也者，则对于凡是在音波所及的范围以内的人，一律强迫接受，也不管其效果是沁人肺腑，抑是令人作呕。

我的朋友对隔壁音乐表示不满，那情形还不算严重。我曾经领略过一次四人合唱，使我以后对于音乐会一类的集会轻易不敢问津。一阵彩声把四位歌者送上演台，钢琴声响动，四位歌者同时张口，我登时感觉到有五种高低疾徐全然不同的调子乱擂我的耳鼓，四位歌者唱出四个调子，第五个声音是从钢琴里发出来的，五缕声音搅作一团，全不和谐。当时我就觉得心旌颤动，飘飘然如失却重心，又觉得身临歧路，彷徨无主的样子。我回顾四座，大家都面面相觑，好像都各自准备逃生，一种分崩离析的空气弥漫于全室。像这样的音乐是极伤人的。

“音乐的耳朵”不是人人有的，这一点我承认，也许我就是缺乏这种耳朵。也许是我的环境不好，使我的这种耳朵，没有适当地发育。我记得在学校宿舍里住的时候，对面楼上住着一位音乐家，还是“国乐”，每当夕阳下山，他就临窗献技，引吭高歌，配着胡琴他唱“我好比……”，在这时节我便按捺不住，颇想走到窗前去大声地告诉他，他好比是什么。我顶怕听胡琴，北平最好的名手 × × 我也听过多少次数，无论他技巧怎样纯熟，总觉得唧唧的声音像是指甲在玻璃上抓。别种乐器，我都不讨厌，曾听古琴弹奏一段《梧桐雨》，琵琶乱弹一段《十面埋伏》，都觉得那确是音乐，唯独胡琴与我无缘。莎士比亚的《威尼斯商人》里曾说起有人一听见苏格兰人的风笛便要小便，那只是个人的怪癖。我对胡琴的反感亦只是一种怪癖吧？皮黄戏里的青衣花旦之类，在戏院广场里令人毛发倒竖，若是清唱则尤不可当，嘤然一叫，我本能地要抬起我的脚来，生怕是脚底下踩了谁的脖子。近听汉戏，黑头花脸亦唧唧锐叫，令人坐立不安；秦腔尤为激昂，常令听者随之手忙脚乱，不能自已。我可以听音乐，但若声音发自人类的喉咙，我便看不得粗了脖子红了脸的样子。我看着危险，我着急。

真正听京戏的内行人怀里揣着两包茶叶，踱到边厢一坐，听到妙处，摇头摆尾，随声击节，闭着眼睛体味声调的妙处，这心情我能了解，但是他付了多大的代价！他听了多少不愿意听的声音才能换取这一点音乐的陶醉！到如今，听戏的少，看戏的多。唱戏的亦竟以肺壮气长取胜，而不复重韵味，唯简单节奏尚是多数人所能体会，铿锵的锣鼓，油滑的管弦，都是最简单不过的，所以缺乏艺术教养的人，如一般大腹贾、大人先生、大学教授、大家闺秀、大名士、大豪绅，都趋之若鹜，自以为是在欣赏音乐。

在中西文化的交流中，我们的音乐（戏剧除外）也在蜕变，从《毛毛雨》起以至于现在流行×××之类，都是中国小调与西洋某一级音乐的混合，时而中菜西吃，时而西菜中吃，将来成为怎样的定型，我不知道。我对音乐既不能做丝毫贡献，所以也很坦然地甘心放弃欣赏音乐的权利，除非为了某种机缘必须“共襄盛举”不得不到场备员。至于像我的朋友所抱怨的那种隔壁歌声，在我则认为是一种不可避免的自然现象，恰如我们住在屠宰场的附近便不能不听见猪叫一样，初听非常凄绝，久后亦就安之。夜深人静，荒凉的路上往往有人高唱“一马离了西凉界……”，我原谅他，他怕鬼，用歌声来壮胆，其行可恶，其情可悯。但是在天微明时练习吹喇叭，则是我所不解。“打一答一大一滴一”，一声比一声高，高到声嘶力竭，吹喇叭的人显然是很吃苦，可是把多少人的睡眠给毁了，为什么不在另一个时候练习呢？

在原则上，凡是人为的音乐，都应该宁缺毋滥。因为没有人为的音乐，顶多是落个寂寞。而按其实，人是不会寂寞的。小孩的哭声、笑声、小贩的吆喝声、邻人的打架声、市里的喧豗声，到处“吃饭了么”“吃饭了么”的原是应酬而现在变成性命交关的问答声——实在寂寞极了，还有村里的鸡犬声！最令人难忘的还有所谓天籁。秋风起时，树叶飒飒的声音，一阵阵袭来，如潮涌，如急雨，如万马奔腾，如衔枚疾走。风定之后，细听还有枯干的树叶一声声地打在阶上。秋雨落时，初起如蚕食桑叶，窸窸窣窣，继而淅淅沥沥，打在蕉叶上清脆可听。风声雨声，再加上虫声鸟声，都是自然的音乐，都能使我发生好感，都能驱除我的寂寞，何贵乎听那“我好比……我好比……”之类的歌声？然而此中情趣，不足为外人道也。

—— 画展 ——

附庸风雅也无妨

我参观画展，常常感觉悲哀。大抵一个人不到山穷水尽的时候，不肯把他所能得到的友谊一下子透支净尽，所以也就不会轻易开画展。门口横挂着一条白布，如果把上面的“画展”二字掩住，任何人都会疑心是追悼会。进得门去“一片缟素”，仔细一看，是一幅幅的画，三三两两的来宾在那里指指点点，唧唧喳喳，有的苦笑，有的撇嘴，有的愁眉苦脸，有的挤眉弄眼，大概总是面带戚容者居多。屋角里坐着一个蓬首垢面的人，手心上直冒冷汗，这一位大概就是精通六法的画家。好像这不是欣赏艺术的地方，而是仁人君子解囊救命的地方。这一幅像八大，那一幅像石涛，幅幅后面都隐现着一个面黄肌瘦嗷嗷待哺的人影，我觉得惨。

任凭你参观的时候是多么早，总有几十幅已经标上了红签，表示已被人赏鉴而订购了。可能是真的。因为现在世界上是有一种人，他有力量造起亭台楼阁，有力量设备天棚鱼缸石榴树肥狗胖丫头，偏偏白汪汪的墙上缺少几幅画。这种人很聪明，他的品位是相当高的，他不肯在大厅上挂起福禄寿三星，也不肯挂刘海戏金蟾，因为这是他心里早已有的，一闭眼就看得清清楚楚用不着再挂在面前，他要的是近似四王吴恽甚至元四大家之类的货色。这一类货色是任何画展里都不缺乏的，所以我说那些红签可能是真的，虽然是在开幕以前即已成交。不过也不一定全是真的，第一天三十个红签，如果生意兴隆，有些红签是要赶快取下的，免得耽误了真的顾主，所以第二天就许只剩二十个红签，千万不要以为有十个悬崖勒马的人又退了货。

一幅画如何标价，这虽不见于六法，确是一种艺术。估价要根据成本，此乃不易之论。纸张的质料与尺寸，一也；颜料的种类与分量，二也；裱褙的款式与工料，三也；绘制所用之时间与工力，四也；题识者之身份与官阶，五也——这是全要顾虑到的，至于画的本身之优劣，可不具论。于成本之外应再加多少赢利，这便要看各人心地之薄与脸皮之厚到如何程度了。但亦有两个学说：一个是高抬物价，一幅《枯树牛山》，硬标上惊人的高价，观者也许咋舌，但是谁也不愿对于风雅显着外行，他至少也要赞叹两声，认为是神来之笔，如果一时糊涂就许订购而去，一个是廉价多卖，在求人订购的时候比较的易于启齿而不太伤感情。

画展闭幕之后，画家的苦难并未终止。他把画一轴轴的毕恭毕敬地送到顾主府上，而货价的交割是遥遥无期的。他需要踵门乞讨。如果遇到

"内有恶犬"的人家，逡巡不敢入，勉强叩门而入，门房的颜色更可怕，先要受盘查，通报之后主人也许正在午睡或是有事不能延见，或是推托改日再来，这时节他不能忘，他要隐忍，要有艺术家的修养。几曾看见过油盐店的伙计讨账敢于发急？

画展结束之后，检视行箧，卖出去的是哪些，剩下的是哪些，大概可得如下之结论：着色者易卖，山水中有人物者易卖，花卉中有翎毛者易卖，工细而繁复者易卖，霸悍粗犷吓人惊俗者易卖，章法奇特而狂态可掬者易卖，有大人先生品题者易卖。总而言之，有卖相者易于脱手，无卖相者便"只供自怡悦"了。绘画艺术的水准就在这买卖之间无形中被规定了。下次开画展的时候，多点石绿，多泼胭脂，山水里不要忘了画小人儿，"空亭不见人"是不行的，花卉里别忘了画只鸟儿，至少也要是一只螳螂知了，要细皴细点，要回环曲折，要有层峦叠嶂，要有亭台楼阁，用大笔，用枯墨，一幅山水可以画得天地头不留余地，五尺捶宣也可以描上三朵梅花而尽是空白。在画法上是之谓画蠹，在画展里是之谓成功。

有人以为画展之事是附庸风雅，无补时艰。我倒不这样想。写字、刻印，以及词章考证，哪一样又有补时艰？画展只是一种市场，有无相易，买卖自由，不愧于心，无伤大雅。我怕的是，《蜀山图》里画上一辆卡车，《寒林图》里画上一架飞机。

—— 相声记 ——

人生难得开口笑

我要记的不是听相声，而是我自己说相声。

在抗战期间有一次为了筹什么款开游艺大会，有皮黄，有洋歌，有杂耍。少不了要一段相声。后台老板瞧中了老舍和我，因为我们两个平素就有点儿贫嘴呱舌，谈话就有一点像相声，而且焦德海、草上飞也都瞻仰过。别的玩意儿不会，相声总还可以凑合。老舍的那一口北平话真是地道，又干脆又圆润又沉重，而且土音土语不折不扣，我的北平话稍差一点儿，真正的北平人以为我还行，外省人而自以为会说官话的人就认为我说得不大纯粹。老舍的那一张脸，不用开口就够引人发笑，老是绷着脸，如果龇牙一笑，能立刻把笑容敛起，像有开关似的。头顶上乱蓬蓬的一撮毛，没梳过，倒垂在又黑又瘦的脸庞上。衣领大约是太大了一点儿，扣上纽扣还是有点儿松，把那个又尖又高的“颏里嗉”（北平土话，谓喉结）露在外面。背又有点儿驼，迈着八字步。真是个相声的角色。我比较起来，就只好去（当）那个挨打的。我们以为这事关抗战，义不容辞，于是就把这份差事答应了下来。老舍挺客气，决定头一天他逗我捧，第二天我逗他捧。不管谁逗谁捧，事实上我总是那个挨打的。

本想编一套新词儿，要与抗战有关，那时候有这么一股风气，什么都讲究抗战，在艺坛上而不捎带上一点儿抗战，有被驱逐出境的危险。老舍说："不，这玩意儿可不是容易的，老词儿都是千锤百炼的，所谓雅俗共赏，您要是自己编，不够味儿。咱们还是挑两段旧的，只要说得好，陈旧也无妨。"于是我们选中了《新洪洋洞》《一家六口》。老舍的词儿背得烂熟，前面的帽子也一点儿不含糊，真像是在天桥长大的。他口授，我笔记。我回家练了好几天，醒来睁开眼就嚷："你是谁的儿子……我是我爸爸的儿子……"家里人听得真腻烦，我也觉得一点儿都不好笑。

练习熟了，我和老舍试着预演一次。我说爸爸儿子的乱扯，实在不大雅，并且我刚说爸爸二字，他就"啊"一声，也怪别扭的。他说："不，咱们中国群众就爱听这个，相声里面没有人叫爸爸就不是相声。这一节可千万删不得。"对，中国人是觉得当爸爸是便宜事。这就如同做人家的丈夫也是便宜事一样。我记得抬滑竿的前后二人喜欢一唱一答，如果他们看见迎面走来一位摩登女郎，前面的就喊："远看一朵花。"后面的接声说："叫我的儿子喊他妈！"我们中国人喜欢在口头上讨这种阿Q式的便宜，所谓"夜壶掉了把儿"，就剩了一个嘴了。其实做了爸爸或丈夫，是否就是便宜，这笔账只有天知道。

照规矩说相声得有一把大折扇，到了紧要关头，敲在头上，“啪”的一声，响而不疼，我说：“这可以免了。”老舍说：“行，虚晃一下好了，别真打。可不能不有那么一手儿，否则煞不住。”

一切准备停当，游艺大会开幕了，我心里直扑通。我先坐在池子里听戏，身旁一位江苏模样的人说了：“你说什么叫相声？”旁边另一位高明的人说：“相声，就是昆曲。”我心想真糟。

锣鼓歇了，轮到相声登场。我们哥儿俩大摇大摆地踱到台前，深深地向观众鞠了一躬，然后一边一块，面部无表情，直挺挺地一站，两件破纺绸大褂，一人一把大扇子。台下已经笑不可抑。老舍开言道：“刚才那个小姑娘的洋歌唱得不错。”我说：“不错！”一阵笑。“现在咱们两个小小子儿伺候一段相声。”又是一阵笑。台下的注意力已经被抓住了。后台刚勾上半个脸的张飞也蹭到台上听来了。

老舍预先嘱咐我，说相声讲究“皮儿薄”，一戳就破。什么叫“皮儿薄”，就是说相声的一开口，底下就得立刻哗的一阵笑，一点儿不费事。这一回老舍可真是“皮儿薄”，他一句话，底下是一阵笑，我连捧的话都没法说了，有时候我们需要等半天笑的浪潮消下去之后才能继续说。台下越笑，老舍的脸越绷，冷冰冰的像是谁欠他二百两银子似的。

最令观众发笑的一点是我们所未曾预料到的。老舍一时兴起，忘了他的诺言，他抽冷子恶狠狠地拿扇子往我头上敲来，我看他来势不善往旁一躲，扇子不偏不倚地正好打中我的眼镜框上，眼镜本来很松，平常就往往出溜到鼻尖上，这一击可不得了，哗啦一声，眼镜掉下来了，我本能地两手一捧，把眼镜接住了。台下鼓掌喝彩大笑，都说这一手儿有功夫。

我们的两场相声，给后方的几百个观众以不少的放肆的大笑，可是我很惭愧，内容与抗战无关。人生难得开口笑。我们使许多愁眉苦脸的人开口笑了。事后我在街上行走，常有人指指点点地说："看，那就是那个说相声的！"

—— 演戏记 ——

人生一出戏，世界一舞台

人生一出戏，世界一舞台，这是我们所熟知的，但是“戏中戏”还不曾扮演过，不无遗憾。有一天，机缘来了，说是要筹什么款，数目很大，义不容辞，于是我和几个朋友便开始筹划。其实我们都没有舞台经验，平素我们几个人爱管闲事，有的是嗓门大，有的是爱指手画脚吹胡瞪眼的，竟被人误认为有表演天才。我们自己也有此种误会，所以毅然决定演戏。

演戏的目的是为筹款，所以我们最注意的是不要赔钱。因此我们做了几项重要决定：第一是借用不花钱的会场，场主说照章不能不收费，不过可以把照收之费如数地再捐出来，公私两便；第二是请求免税，也照上述公私两便的办法解决了；第三是借幕，借道具，借服装，借景片，借导演，凡能借的全借，说破了嘴跑断了腿，全借到了；第四是同人公议，结账赚钱之后才可以“打牙祭”，结账以前只有开水恭候。这样，我们的基本保障算是有了。

选择剧本也很费心思，结果选中了一部翻译的剧本，其优点是五幕只要一个布景，内中一幕稍稍挪动一下就行，省事，再一优点是角色不多，四男三女就行了。是一出悲剧，广告上写的是“恐怖，紧张……”，其实并不，里面还有一点警世的意味，颇近于所谓“社会教育”。

分配角色更困难了，谁也不肯做主角，怕背戏词。一位山西朋友自告奋勇，他小时候上过台，后来一试，一大半声音都是从鼻子里面拐弯抹角而出，像是脑后音，招得大家哄堂。最后这差事落在我的头上。

排演足足有一个月的时间，每天公余大家便集合在小院里，怪声怪气地乱嚷嚷一阵，多半的时间消耗在笑里，有一个人扑哧一声，立刻传染给大家，全都前仰后合了，导演也忍俊不禁，勉强按着嘴，假装正经，小脸憋得通红。四邻的孩子们是热心的观众，爬上山头，翻过篱笆，来看这一群小疯子。一幕一幕地排，一景一景地抽，戏词部位姿式忘了一样也不行，排到大家昏头涨脑心烦意乱的时候，导演宣布可以上演了。先预演一次。

一辈子没演过戏，演一回戏总得请请客。有些帮忙的机关代表不能不请，有些地头蛇不能不请，有些私人的至亲好友七姑八姨也不能不请，全都趁这次预演的机会一总做个人情。我们借的剧场是露天的，不，有个大席棚。戏台是真正砖瓦砌盖的。剧场可容千把人。预演那一晚，请的客衮衮而来，一霎间就坐满了。三声锣响，连拉带扯地把幕打开了。

我是近视眼，去了眼镜只见一片模糊。将近冬天，我借的一身单薄西装，冻出一身鸡皮疙瘩。我一上台，一点儿也不冷，只觉得热，因为我的对手把台词忘了，我接不上去，我的台词也忘了，有几秒钟的工夫两个人干瞪眼，虽然不久我们删去了几节对话仍旧能应付下去，但是我觉得我的汗攻到头上来，脸上全是油彩，汗不得出，一着急，毛孔眼一张，汗竟出来了：在光滑的油彩上一条条地往下流。不能揩，一揩变成花脸了。排演时没有大声吼过，到了露天剧场里不由自主地把喉咙提高了，一幕演下来，我的喉咙哑了。导演急忙到后台关照我："你的声音太大了，用不着那样使劲。"第二幕我根本嚷不出声了。更急，更出汗，更渴，更哑，更急。

天无绝人之路，这一场预演把我累得不可开交之际，天空隐隐起了雷声，越来越近，俄而大雨倾盆。观众一个都没走，并不是我们的戏吸引力太大，是因为雨太骤他们来不及走。席棚开始漏水，观众哄然而散，有一部分人照直跳上了舞台避雨，戏算是得了救。我蹚着一尺深的水回家，泡了一大碗的"胖大海"，据说可以润喉。我的精神已经总崩溃了，但是明天正式上演，还得精神总动员。

票房是由一位细心而可靠的朋友担任的。他把握着票就如同把握着现钞一样地紧。一包一包的票，一包一包的钱，上面标着姓名标着钱数，一小时结一回账。我们担心的是怕票销不出去，他担心的是怕票预先推销净尽而临时门口没票可卖，所以不敢放胆推票。

第二天正式上演了，门口添了一盏雪亮的水电灯，门口挤满了一圈子的人，可是很少人到窗口买票。时间快到了，我扒开幕缝偷偷一看，疏疏落落几十个人，我们都冷了半截。剧场里来回奔跑的，客少，招待员多。有些客疑心是来得太早，又出去买橘柑去了，又不好强留。顶着急的是那位票房先生。好容易拖了半点钟算是上满了六成座。原来订票的不一定来，真想看戏的大半都在预演时来领教过了。

我的喉咙更哑了，从来没有这样哑过。几幕的布景是一样的，我一着急，把第二幕误会成第三幕了，把对话的对手方吓得张口结舌，蹲在幕后提词的人急得直嚷："这是第二幕！这是第二幕！"我这才如梦初醒，镇定了一下，勉强找到了台词，一身大汗如水洗的。第三幕上场，导演亲自在台口叮嘱我说："这是第三幕了。"我这一回倒是没有弄错，可是精神过于集中在这是第几幕，另外又出了差池。我应该在口袋里带几张钞票，做赏钱用，临时一换裤子，把钞票忘了，伸手掏钱的时候，左一摸没有，右一摸没有，情急而智并未生，心想台下也许看不清，握着拳头伸出去，作给钱状，偏偏第一排有个眼快口快的人大声说：“他的手里是空的！”我好窘。

最窘的还不是这个。这是一出悲剧，我是这悲剧的主角，我表演的时候并没有忘记这一点，我动员了我所有的精神上的力量，设身处地地想我即是这剧里的人物，我激动了真的情感，我觉得我说话的时候，手都抖了，声音都颤了，我料想观众一定也要受感动的，但是，不，我演到最重要的关头，我觉得紧张得无以复加了，忽然听得第一排上一位小朋友指着我大声地说：“你看！他像贾波林！”紧接着是到处扑哧扑哧的笑声，悲剧的氛围完全消逝了。我注意看，前几排观众大多数都张着口带着笑容地在欣赏这出可笑的悲剧。我好生惭愧。事后对镜照看，是有一点像贾波林，尤其是化装没借到胡子，现做嫌费事，只在上唇用墨笔抹了一下，衬上涂了白灰的脸，加上黑黑的两道眉，深深的眼眶，举止动作又是那样僵硬，不像贾波林像谁？我把这情形报告了导演，他笑了，但是他给了我一个很伤心的劝慰：“你演得很好，我劝你下次演戏挑一出喜剧。”

还有一场呢。我又喝了一天“胖大海”，嗓音还是沙愣愣的。这一场上座更少了，离开场不到二十分钟，性急的演员扒着幕缝向外看，回来报告说：“我数过了，一、二、三，一共三个人。”等一下又回来报告，还是一、二、三，一共三个人。我急了，找前台主任，前台主任慌作一团，对着一排排的空椅发怔。旁边有人出主意，邻近的××学校的学生可以约来白看戏。好，就这么办。一声呼啸，不大的工夫，调来了二百多。开戏了。又有人出主意，把大门打开，欢迎来宾，不大的工夫座无隙地。我们打破了一切话剧上座的纪录。

戏演完了，我的喉咙也好了。遇到许多人，谁也不批评戏的好坏，见了面只是道辛苦。辛苦确实是辛苦了，此后我大概也不会再演戏。就是喜剧也不敢演，怕把喜剧又演成悲剧。

事后结账，把原拟的照相一项取消，到“三六九”打了一次牙祭。净余二千一百二十八元，这是筹款的结果。

—— 看报 ——

我看报也有瘾

早晨起来，盥洗完毕，就想摊开报纸看看。或是斜靠在沙发上，跷起一条腿，仰着脖子，举着报纸看；或是铺在桌面上，摘下老花眼镜，一目十行或十目一行地看；或是携进厕所，细吹细打翻来过去地看。各极其态，无往不宜。假使没有报看，这一天的秩序就要大乱，浑身不自在，像是硬断毒瘾所谓“冷火鸡”。翻翻旧报纸看看，那不对劲，一定要热烘烘的刚从报馆出炉的当天的报纸看了才过瘾。报纸上有什么东西这样摄人魂魄令人倾倒？惊天动地的新闻、回肠荡气的韵事，不是天天有的。不过，大大小小的贪赃枉法的事件、形形色色的社会新闻，以及五花八门的副刊，多少都可以令人开胃醒脾，耳目一新。抛下报纸便可心安理得地去做一个人一天该做的事去了。有些人肝火旺，看了报上少不了的一些不公道的事、颟顸糊涂的事、泄气的事、腌臜的事，不免吹胡瞪眼，破口大骂。这也好，让他发泄一下免得积郁成疾。也有些人专门识小，何处失火、何人跳楼、何家遭窃、何人被绑，乃至于哪家的猪有五条腿、哪家的孩子有两个头，都觉得趣味横生，可资谈助。报纸的诱惑力实在太大了，怎可一日无此君？

我看报也有瘾。每天四五份报纸，幸亏大部分雷同，独家报道并不多，只有副刊争奇竞秀各有千秋，然而浏览一过择要细看，差不多也要个把钟头。有时候某一报纸缺席，心里辄为之不快，但是想想送报的人长年地栉风沐雨，也许有个头痛脑热，偶尔歇工，也就罢了。过阴历年最难堪，报馆休假好几天，一张半张地凑合，乏味之至。直到我自己也在报馆做一点事，才体会到报人也需要逢年轻松几天，这才能设身处地不忍深责。

报纸以每日三张为限，广告至少占去一半以上，这也有好处，记者先生省却不少编撰之劳，广告客户大收招徕生意之效，读者亦可节省一点宝贵时间。就是广告有时也很有趣。近年来结婚启事好像少了，大概是因为红色炸弹直接投寄收效较宏。可是讣闻还是相当多，尤其是死者若是身兼若干董监事，则一排讣闻分别并列，蔚为壮观。不知是谁曾经说过：“你要知道谁是走方郎中江湖庸医么，打开报纸一索便得。”可是医师的广告渐渐少了，药物广告也不若以前之多了。密密麻麻的分类广告，其中藏龙卧虎，有时颇有妙文，常于无意中得之。

报纸以三张为限，也很好。看完报纸如何打发，是一个问题，沿街叫喊“酒干倘卖无”的人好像现已不常见。外国的报纸动辄一百多页，星期天的报纸多到五百页不算稀奇。报童送报无论是背负还是小车拉曳，都有不胜负荷之状。看完报纸之后通常是积有成数往垃圾桶里一丢，也有人不肯暴殄天物，一大批一大批地驾车送到指定地点作打纸浆之用。我们报纸张数少，也够麻烦，一个月积攒下来也够一大堆，小小几坪的房间如何装得下？不知有人想到过没有，旧报纸可以拿去做纸浆，收物资循环之效。

从前老一辈的人，大概是敬惜字纸，也许是爱惜物资，看完报纸细心折叠，一天一沓，一月一捆，结果是拿去卖给小贩，小贩拿去卖给某些店铺，作为包装商品之用。旧报纸如何打发固是问题，我较更关心的是，看报似乎也有看报的道德，无论在什么场合，看完报纸应该想到还有别人要看，所以应该稍加整理、稍加折叠。我不期望任谁看过报纸还能折叠得见棱见角，如军事管理之叠床被要叠得像一块豆腐干，那是陈义过高近于奢望，但是我也看不得报纸凌乱地抛在桌上、椅上、地上，像才经过一场洗劫。

有一阵电视上映出两句标语：饭前洗手，饭后漱口。实在很好，功德无量。我发现看完报纸之后也要洗手。看完报纸之后十根手指像是刚搓完煤球。外国报纸好像污染得好一些，我不知道他们用的油墨是什么牌子的。

看报也常误事。我一年之内有过因为看报，而烧黑了三个煮菜锅的纪录。这是我对于报纸的功能之最高的称颂：报纸能令人忘记锅里煮着东西。

—— 厨房 ——

绝大多数的女人是被禁锢在厨房里

从前有教养的人家子弟，永远不走进下房或是厨房，下房是仆人起居之地，厨房是庖人治理膳馐之所，湫隘卑污，故不宜厕身其间。厨房多半是在什么小跨院里，或是什么不显眼的角落（旮旯儿），而且常常是邻近溷厕。孟子有“君子远庖厨”之说，也是基于“眼不见为净”的道理。在没有屠宰场的时候，杀牛宰羊均须在厨中举行，否则远庖厨做甚？尽管席上的重珍兼味美不胜收，而那调和鼎鼐的厨房却是龌龊脏乱，见不得人。试想，煎炒烹炸，油烟弥漾而无法宣泄，烟熏火燎，煤渣炭屑经常地月累日积，再加上老鼠横行，蚊蝇乱舞，蚂蚁蟑螂之无孔不入，厨房焉得不脏？当然厨房也有干净的，想郇公厨香味错杂，一定不会令人望而却步，不过我们的传统厨房多少年来留下的形象，大家心里有数。

埃及废王法鲁克，当年在位时，曾经游历美国，看到美国的物质文明，光怪陆离，目不暇给，对于美国家庭的厨房之种种设备，尤其欢喜赞叹。临归去时，他便订购了最豪华的厨房设备全套，运回国去。他的眼光是很可佩服的，他选购的确是美国文化精粹的一部分。虽然那一套设备运回去之后，曾否利用，是否适用，因为没有情报追踪，我们不得而知，但是我们知道埃王陛下一顿早点要吃二十个油煎荷包蛋，想来御膳的规模必不在小，美国式家庭厨房的设备是否能胜负荷，就很难说。

美式厨房是以主妇为中心而设计的。所占空间不大，刚好容主持中馈的人站在中间有回旋的余地。炉灶用电，不冒烟，无气味，下面的空箱放置大大小小煮锅和平底煎锅，俯拾即是。抬头有电烤箱或是微波烤箱，烤鸡烤鸭烤盆菜，烘糕烘点烘面包，自动控制，不虞烧焦。左手有沿墙一般长的料理台，上下都是储柜抽屉，用以收藏盘碗餐具，墙上有电插头，供电锅、烤面包器、绞肉机、打蛋器之类使用。台面不怕刀切不怕烫。右边是电冰箱，一个不够可以有两个。转过身来是洗涤槽，洗菜洗锅洗碗，渣渣末末的东西（除了金属之外）全都顺着冷热水往下冲，开动电钮就可以听见呼噜呼噜的响，底下一具绞碎机（disposal）发动了，把一槽的渣滓弃物绞成了碎泥冲进下水道里，下水道因此无阻塞之虞。左手有个洗碗机，冲干净了的碟碗插列其间，装上肥皂粉，关上机门开动电钮，盘碗便自动洗净而且吹干。在厨做饭的人真是有左右逢源进退自如之感。

美式厨房也非尽善尽美。至少寓居美国而坚持不忘唐餐的人就觉得不大方便。唐餐讲究炒菜，这个“炒”字是美国人所不能领略的。炒菜要用锅，尖底的铁锅（英文为wok，大概是粤语译音），西式平底锅只宜烙饼煎蛋，要想吃葱爆牛肉片、榨菜炒肉丝什么的，非尖底锅不办，否则翻翻搅搅掂掂那几下子无从施展。而尖底锅放在平平的炉灶上，摇摇晃晃，又非有类似“支锅碗”的东西不可，炒菜有时需要旺油大火，不如此炒出来的东西不嫩。过去有些中国餐馆大师傅，嫌火不够大，不惜舀起大勺猪油往灶口里倒，使得火苗骤旺，电灶火力较差，中国人用电灶容易把电盘烧坏，也就是因为烧得太旺太久之故。火大油旺，则油烟必多。灶上的抽烟机所发作用有限，一顿饭做下来，满屋子是油烟，寝室客厅都不能免。还有外国式的厨房不备蒸笼，所谓双层锅，具体而微，可以蒸一碗蛋羹而已。若想做小笼包，非从国内购运柳木制的蒸笼不可，一层屉不够要两三层，摆在电灶上格格不入。铝制的蒸锅，有干净相，但是不对劲。

人在国外而顿顿唐餐，则其厨房必定走样。我有一位朋友，高尚士也，旅居美国多年，贤伉俪均善烹调，热爱我们的固有文化，蒸、炒、烹、煎，无一不佳。我曾叨扰郇厨，坐在客厅里，但见厨房门楣之上悬一木牌写着两行文字，初以为是什么格言之类，趋前视之，则是一句英文，曰：“我们保留把我们自己的厨房弄得乱七八糟的权利。”当然这是给洋人看的。我推门而入，所谓乱七八糟是谦辞，只是东西多些，大小铁锅蒸笼，油钵醋瓶，各式各样的作料器皿，纷然杂陈，随时待用。做中国菜就不能不有做中国菜的架势。现代化的中国厨房应该是怎个样子，尚有待专家设计。

我国自古以来，主中馈的是女人，虽然解牛的庖丁一定是男人。《易·家人》：“无攸遂，在中馈，贞吉。”疏曰：“妇人之道，巽顺为常，无所必遂，其所职主在于家中馈食供祭而已。”所以新妇三日便要入厨洗手做羹汤，多半是在那黑黝黝又脏又乱的厨房里打转一直到老。我知道一位缠足的妇人，在灶台前面一站就是几个钟头，数十年如一日，到了老年两足几告报废，寸步难移。谁说的男子可以不入厨房？假如他有时间、有体力、有健康的观念，应该没有阻止他进入厨房的理由。有一次我在厨房擀饺子皮，系着围裙，满手的面粉，一头大汗，这时候有客来访，看见我的这副样子大为吃惊，他说：“我是从来不进厨房的，那是女人去的地方。”我听了报以微笑。不过他说的话不是没有事实根据，绝大多数的女人是被禁锢在厨房里，而男人不与焉。今天之某些职业妇女常得意忘形地讽主持中馈的人为“在厨房上班”。其实在厨房上班亦非可耻之事，我们的母亲祖母曾祖母有几个不在厨房上班？在妇女运动如火如荼的美国，妇女依然不能完全从厨房里“解放”出来。记得某处妇女游行，有人高举木牌，上面写着“停止烧饭，饿死那些老鼠！”老鼠饿不死的，真饿急了他会乖乖地自己去烧饭。

—— 饭前祈祷 ——

惜福，感恩

读过查尔斯·兰姆那篇《饭前祈祷》小品文的人，一定会有许多感触。六十年前我在美国科罗拉多泉念书的时候，和闻一多在瓦萨赤街一个美国人家各赁一间房屋。房东太太密契尔夫人是典型的美国主妇，肥胖、笑容满面、一团和气，大约有六十岁，但是很硬朗，整天操作家务，主要的是主中馈，好像身上永远系着一条围裙，头戴一顶荷叶边的纱帽。房东先生是报馆排字工人，昼伏夜出，我在圣诞节才得和他首次晤面。他们有三个女儿，大女儿陶乐赛已进大学，二女儿葛楚德念高中，小女儿卡赛尚在小学，他们一家五口加上我们两个房客，七个嘴巴都要由密契尔夫人负责喂饱，而且一日三餐，一顿也少不得。房东先生因为作息时间和我们不同，永不在饭桌上和我们同时出现。每顿饭由三个女孩摆桌上菜，房东太太在厨房掌勺，看看大家都已就位，她就急忙由厨房溜出来，抓下那顶纱帽，坐在主妇位上，低下头做饭前祈祷。

我起初对这种祈祷不大习惯。心想我每月付你四五十元房租，包括膳食在内，我每月公费八十元，多半付给你了，吃饭的时候还要做什么祈祷？感恩么？感谁的恩？感上帝赐面包的恩么？谁说面包是他所赐？……后来我想想，入乡随俗，好在那祈祷很短，嘟嘟囔囔地说几句话，也听不清楚说什么。有时候好像是背诵那滚瓜烂熟的“主祷文”，但是其中只有一句与吃有关：“赐给我们每天所需的面包。”如果这“每天”是指今天，则今天的吃食已经摆在桌上了，还祈祷什么？如果“每天”是指明天，则吃了这顿想那顿，未免想得远了些。若是表示感恩，则其中又没有感激的话语。尤其是，这饭前祈祷没有多少宗教气息，好像具文。我偷眼看去，房东太太闭着眼低着头，口中念念有词，大女儿陶乐赛也还能聚精会神，卡赛则常扮鬼脸逗葛楚德，葛楚德用肘撞卡赛。我和一多面面相觑，不知所措。

兰姆说得不错。珍馐罗列案上，令人流涎三尺，食欲大振，只想一番饕餮，全无宗教情绪，此时最不宜祈祷。倒是维持生存的简单食物，得来不易，于庆幸之余不由得要感谢上苍。我另有一种想法，尤其是在密契尔夫人家吃饭的那一阵子，我们的胃习惯于大碗饭、大碗面，对于那轻描淡写的西餐只能感到六七分饱。家常便饭没有又厚又大的煎牛排。早餐是以半个横剖的橘柑或葡萄柚开始，用茶匙挖食其果肉，再不就是薄薄一片西瓜，然后是一面焦的煎蛋一枚。外国人吃煎蛋不像我们吸溜一声一口吞下那个嫩蛋黄，而是用刀叉在盘里切，切得蛋黄乱流，又不好用舌去舔。

两片烤面包，抹一点牛油。一杯咖啡灌下去，完了。午饭是简易便餐，两片冷面包，一点点肉菜之类。晚饭比较丰盛，可能有一盂热汤，然后不是爱尔兰炖肉，就是肉末炒番薯泥，再加上一道点心如西米布丁之类，咖啡管够。倒不是菜色不好，密契尔夫人的手艺不弱，只是数量不多，不够果腹。星期日午饭有烤鸡一只，当场切割，每人分得一两片，大匙大匙的番薯泥浇上鸡油酱汁。晚饭就只有鸡骨架剥下来的碎肉烩成稠糊糊的酱，放在一片烤面包上，名曰鸡派。其他一概全免。若是到了感恩节或是圣诞节，则卡赛出出进进地报喜："今天有火鸡大餐！"所谓火鸡，肉粗味淡，火鸡肚子里面塞的一坨一坨黏糊糊的也不知是什么东西。一多和我时常踱到街上补充一个汉堡肉饼或热狗之类。在这种情形下，饭前祈祷对于我没有什么太大的意义，就是饭后祈祷恐也不免带有怨声，而不可能完全是谢主的恩典。

我小时候，母亲告诉我，碗里不可留剩饭粒，饭粒也不可落在桌上地上，否则将来会娶麻脸媳妇。这个威吓很能生效，真怕将来床头人是麻子。稍长，父亲教我们读李绅《悯农》诗："锄禾日当午，汗滴禾下土，谁知盘中餐，粒粒皆辛苦。"因此更不敢糟蹋粮食。对于农民老早地就起了感激之意。养猪养鸡的、捕鱼捕虾的，也同样地为我服务，我凭什么白白地受人供养？吃得越好，越惶恐，如果我在举箸之前要做祈祷，我要为那些胼手胝足为大家生产食粮、供应食物的人祈福。

如今我每逢有美味的饮食可以享受的时候，首先令我怀想的是我的双亲。我父亲对于饮膳非常注意，尤嗜冷饮，酸梅汤要冰镇得透心凉，山里红汤微带冰碴儿，酸枣汤、樱桃水等都要冰得入口打哆嗦。可惜我没来得及置备电冰箱，先君就弃养了。我母亲爱吃火腿、香蕈、蚶子、蛏干、笋尖、山核桃之类的所谓南货，我好后悔没有尽力供养。美食当前，辄兴风木之思，也许这些感受可以代替所谓饭前祈祷了吧?

—— 圆桌与筷子 ——

智慧的结晶，各有各的妙处

我听人说起一个笑话，一个中国人向外国人夸说中国的伟大，圆餐桌的直径可以大到几乎一丈开外。外国人说：“那么你们的筷子有多长呢？”“六七尺长。”“那样长的筷子，如何能夹起菜来送到自己嘴里呢？”“我们最重礼让，是用筷子夹菜给坐在对面的人吃。”

大圆桌我是看见过的，不是加盖上去的圆桌面，是订制的大型圆餐桌，周遭至少可以坐二十四个人，宽宽绰绰的一点也不挤，绝无“菜碗常需头上过，酒壶频向耳边洒”的现象。桌面上有个大转盘（英语名为“懒苏珊”），转盘有自动旋转的装置，主人按钮就会不疾不徐地转。转盘上每菜两大盘，客人不需等待旋转一周即可伸手取食。这样大的圆桌有一个缺点，除了左右邻座之外，彼此相隔甚远，不便攀谈，但是这缺点也许正是优点，不必没话找话，大可埋头猛吃，作食不语状。

我们的传统餐桌本是方的，所谓八仙桌，往日喜庆宴都是用方桌，通常一席六个座位，有时下手添个长凳打横，只有在特殊情形下才加上一个圆桌面。炕上餐桌也是方的。方桌折角打开变成圆桌（英语所谓“信封桌”），好像是比较晚近的事了。

许多人团聚在一起吃饭，尤其是讲究吃的东西要烫嘴热，当然以圆桌为宜。把食物放在桌中央，由中央到圆周的半径是一样长，各人伸箸取食，有如辐辏于毂。因为圆桌可能嫌大，现在几乎凡是圆桌必有转盘，可恼的是直眉瞪眼的餐厅侍者多半是把菜盘往转盘中央一丢，并不放在转盘的边缘上，然后掉头而去，转盘等于虚设。

西方也不是没有圆桌。亚瑟王的圆桌骑士是赫赫有名的，那圆桌据说当初可以容一百五十名骑士就座，真不懂那样大的圆桌能放在什么地方，也许是里三层外三层围绕着吧？近代外交坛坫之上常有所谓圆桌会议，也许是微带椭圆之形，其用意在于宾主座位不分上下。这都不能和我们中国的圆桌相提并论，我们的圆桌是普遍应用的，家庭聚餐时，祖孙三代团团坐，有说有笑，融融泄泄；友朋宴饮时，敬酒、划拳、打通关都方便。吃火锅，更非圆桌不可。

筷子是我们的一大发明。原始人吃东西用手抓，比不会用手抓的禽兽已经进步很多，而两根筷子则等于是手指的伸展，比猿猴使用树枝拨东西又进一步。筷子运用起来可以灵活无比，能夹、能戳、能撮、能挑、能扒、能掰、能剥，凡是手指能做的动作，筷子都能。没人知道筷子是何时何人发明的。如果《史记》所载不虚，“纣为象箸，而箕子唏”，纣王使用象牙筷子而箕子忍气吞声地叹气，象牙筷子的历史可说是很久远了。箸原是策，竹子做的筷子；又作荚，木头做的筷子。象牙筷子并没有什么好，怕烫，容易变色。假象牙筷子颜色不对，没有纹理，更容易变色，而且在吃香酥鸭的时候，拉扯用力稍猛就会咔嚓一声断为两截。倒是竹筷子最好，湘妃竹固然好，普通竹也不错，髹油漆固然好，本色尤佳。做祖父母的往往喜欢使用银箸，通常是短短细细的，怕分量过重，这只为了表示其地位之尊崇。金箸我尚未见过，恐怕未必中用。箸之长短不等，湖南的筷子特长，盘子也特大，但是没有长到烤肉的筷子那样。

西方人学习用筷子那副笨相可笑，可是我们幼时开始用筷子的时候，又何尝不是像狗熊耍扁担？稍长，我们使筷子的伎俩都精了——都太精了。相传少林绝技之一是举箸能夹住迎面飞来的弹丸，据说是先从用筷子捕捉苍蝇练成的一种功夫。一般人当然没有这种本领，可是在餐桌之上我们也常有机会看到某些人使用筷子的一些招数。一盘菜上桌，有人挥动筷子如舞长矛，如野火烧天横扫全境，有人胆大心细彻底翻腾如拨草寻蛇，更有人在汤菜碗里拣起一块肉，掂掂之后又放下了，再拣一块再掂掂再放下，最后才选得比较中意的一块，夹起来送进血盆大口之后，还要把筷子横在嘴里吮一下，于是有人在心里嘀咕：这样做岂不是把你的口水都污染了食物，岂不是让大家都于无意中吃了你的口水？

其实口水未必脏。我们自己吃东西都是伴着口水吃下去的，不吃东西的时候也常咽口水的。不过那是自己的口水，不嫌脏。别人的口水也未必脏。我不相信谁在热恋中没有大口大口咽过难分彼此的一些口水。怕的是口水中带有病菌，传染给别人和被人传染给自己都不大好。毛病不是出在筷子，是出在我们的吃的方式上。

六十多年前，我的学校里来了一位教英语的老师，我只记得他姓钟，外号人称“钟善人”，他在学校及附近乡村里狂热地提倡两件事，一是植树，一是进餐时每人用两副筷子，一副用于取食，一副用于夹食入口。植树容易，一年只有一度，两副筷子则窒碍难行。谁有那样的耐心，每餐两副筷子此起彼落地交换使用？如今许多人家，以及若干餐馆，筷子仍是人各一双，但是菜盘汤碗各附一个公用的大匙，这个办法比较简便，解决了互吃口水的问题。东洋御料理老早就使用木质短小的筷子，用毕即丢弃。人家能，为什么我们不能？我愿象牙筷子、乌木筷子以及种种珍奇贵重的筷子都保存起来，将来作为古董赏玩。

—— 烧饼油条 ——

多年习惯，对此不能忘情

烧饼油条是我们中国人标准早餐之一，在北方不分省份、不分阶级、不分老少，大概都欢喜食用。我生长在北平，小时候的早餐几乎永远是一套烧饼油条——不，叫油炸鬼，不叫油条。有人说，油炸鬼是油炸桧之讹，大家痛恨秦桧，所以名之为油炸桧以泄愤，这种说法恐怕是源自南方，因为北方读音鬼与桧不同。为什么叫油鬼，没人知道。在比较富裕的大家庭里，只有做父亲的才有资格偶然以馄饨、鸡丝面或羊肉馅包子做早点，只有做祖父母的才有资格常以燕窝汤、莲子羹或哈什玛之类做早点，像我们这些“民族幼苗”，便只有烧饼油条来果腹了。说来奇怪，我对于烧饼油条从无反感，天天吃也不厌，我清早起来，就有一大簸箩烧饼油鬼在桌上等着我。

现在台湾的烧饼油条，我以前在北平还没见过。我所知道的烧饼，有螺蛳转儿、芝麻酱烧饼、马蹄儿、驴蹄儿几种，油鬼有麻花儿、甜油鬼、炸饼儿几种。螺蛳转儿夹麻花儿是一绝，扳开螺蛳转儿，夹进麻花儿，用手一按，咔嚓一声麻花儿碎了，这一声响就很有意思，如今我再也听不到这个声音。有一天和齐如山先生谈起，他也很感慨，他嫌此地油条不够脆，有一次他请炸油条的人给他特别炸焦，“我加倍给你钱”，那个炸油条的人好像是前一夜没睡好觉（事实上凡是炸油条、烙烧饼的人都是睡眠不足），一翻白眼说：“你有钱？我不伺候！”回锅油条、老油条也不是味道，焦硬有余，酥脆不足。至于烧饼，螺蛳转儿好像久已不见了，因为专门制售螺蛳转儿的粥铺早已绝迹了。所谓粥铺，是专卖甜浆粥的一种小店，甜浆粥是一种稀稀的粗粮米汤，其味特殊。北平城里的人不知道喝豆浆，常是一碗甜浆粥一套螺蛳转儿，但是这也得到粥铺去趁热享用才好吃。我到十四岁以后才喝到豆浆，我相信我父母一辈子也没有喝过豆浆。我们家里吃烧饼油条，嘴干了就喝大壶的茶，难得有一次喝到甜浆粥。后来我到了上海，才看到细细长长的那种烧饼，以及菱形的烧饼，而且油条长长的也不适于夹在烧饼里。

火腿、鸡蛋、牛油面包作为标准的早点，当然也好，但我只是在不得已的情形下才接受了这种异俗。我心里怀念的仍是烧饼油条。和我有同嗜的人相当不少。海外羁旅，对于家乡土物多念念不忘。有一位华裔美籍的学人，每次到台湾来都要带一二百副烧饼油条回到美国去，存在冰柜里，逐日检取一副放在烤箱或电锅里一烤，便觉得美不可言。谁不知道烧饼油条只是脂肪、淀粉，从营养学来看，不构成一份平衡的食品。但是多年习惯，对此不能忘情。在纽约曾有人招待我到一家中国餐馆进早点，座无虚席，都是烧饼油条客，那油条一根根的都很结棍，韧性很强。但是大家觉得这是家乡味，聊胜于无。做油条的师傅，说不定曾经付过二两黄金才学到如此这般的手艺。又有一位返乡观光的游子，住在台北一家观光旅馆里，晨起第一桩事就是外出寻找烧饼油条，遍寻无着，返回旅舍问服务小姐，服务小姐登时蛾眉一耸说：“这是观光区域，怎会有这种东西，你要向偏僻街道、小巷去找。”闹哄了一阵，兴趣已无，乖乖地到附设餐厅里去吃火腿、鸡蛋、面包了事。

有人看我天天吃烧饼油条，就问我：“你不嫌脏？”我没想到过这个问题。据这位关心的人说，要注意烧饼里有没有老鼠屎。第二天我打开烧饼先检查，哇，一颗不大不小像一颗万应锭似的黑黑的东西赫然在焉。用手一捻，碎了。若是不当心，入口一咬，必定牙碜，也许不当心会咽了下去。想起来好怕，“一颗老鼠屎搅坏一锅粥”，这话不假，从此我存了戒心。看看那个豆浆店，小小一间门面，案板油锅都放在人行道上，满地是油渍污泥，一袋袋的面粉堆在一旁像沙包一样，阴沟里老鼠横行。再看看那打烧饼、炸油条的人，头发蓬松，上身只有灰白背心，脚上一双拖鞋，说不定嘴里还叼着一根纸烟。在这情况之下，要使老鼠屎不混进烧饼里去，着实很难。好在不是一个烧饼里必定轮配到一橛老鼠屎，难得遇见一回，所以戒心维持了一阵也就解严了。

也曾经有过观光级的豆浆店出现，在那里有峨高冠的厨师，有穿制服的侍者，有装潢，有灯饰，筷子有纸包着，豆浆碗下有盘托着，餐巾用过就换，而不是一块毛巾大家用，像邮局糨糊旁边附设的小块毛巾那样的又脏又黏。如果你带外宾进去吃早点，可以不至于脸红。但是偶尔观光一次是可以的，谁也不能天天去观光，谁也不能常跑远路去图一饱。于是这打肿脸充胖子的局面维持不下去了，烧饼油条依然是在行人道边乌烟瘴气的环境里苟延残喘，而且我感觉到吃烧饼油条的同志也越来越少了。

—— 沙发 ——

沙发是很令人舒适的

沙发是洋玩意儿，就字源讲，应该是从阿拉伯兴起来的，原来的意义，是指那种带靠垫与扶手的长椅而言。没见过沙发的人，可以到任何家具店玻璃窗前去看看，里面大概总蹲着几套胖墩墩的矮矮的挺威武的沙发。

沙发是很令人舒适的，坐上去就好像是掉进一堆棉花里，又好像是偎在一个胖子的怀抱里，他把你搂得紧紧的，柔若无骨。你坐上去之后，不由得把身体往后一仰，肚子一挺，两腿一跷，两只胳臂在两旁一搭，如果旁边再配上一个矮矮的小茶几，上面摆着烟、烟灰碟、报章杂志、盖碗茶，我想任何人都不会再想站起来。因此，沙发几乎成了一个中上阶层家庭里所不可少的一种设备。如果少了它，主人和客人就好像没有地方可以安置似的。一套沙发，三大件，怎么摆都成，一字长蛇也可以，像个衙门似的八字开着也可以，孤零零地矗在屋子中央也可以，无往不利。有这么三大件就把一间屋子给撑起来了，主人的身份也予以确定。

但是这种洋玩意儿，究竟与我们的国情有些不甚相合。我们中国人讲究站有站相，坐有坐相，睡有睡相。所谓“立如松，坐如钟，卧如弓”。坐在那里需要像一口钟，上小下大，四平八稳，没个晃、没个倒。这种姿势才显得官样而且正派。这种坐相就与椅子的构造颇有关系。一把紫檀太师椅，满镶螺钿，大理石心，方正高大，无论谁坐上去也只好挺着腰板，正襟危坐，他不能像坐沙发似的那么半靠半醒的一副懒散相。沙发没有不矮的，再加上半靠半睡的姿势，全然不合我们的固有道德。

我们是讲礼貌的民族。向人拱手作揖，或是鞠躬握手，都必须站立着才成。假如你本来半靠半睡在一张沙发上，忽然有人过来要和你握手，你怎么办？赶快站起来便是。但是你站得起来吗？你深深地窝在沙发里，两只胳膊如果没练过双杠，腰杆儿上如果没有一点硬功夫，你休想能一跃而起。必须两手力按扶手，脊椎一挺，脖梗子一使劲，然后才能“哼哧”一声立起身来。如果这样地连续动作几回，谁也受不了。倒不如硬木太师椅，坐着和站着本来就差不多，一伸腿就立起来了。

一个穷亲戚或是一个属员来见你，他坐沙发的姿势特别，他不坐进去，他只跨一个沿。他的全身重量只由沙发里面的靠边上的半个弹簧来支持着，弹簧压得咯吱咯吱地直响，他也不管，他的臀部只有很小的一块和沙发发生接触。你当然不好意思对他说：“请你坐进去。”你只能做一个榜样给他看，大模大样地向后一靠。但是更糟，你越大模大样，他越局局缩缩，他越发坐得溜边溜沿。你心里好难过，一方面怕沙发被他坐坏，一方面还怕他跌下去！

但是这种坐沙发的姿势也无可厚非。有时候颇有其必要，我曾见过一群官在一间大客厅单围坐一圈，每人占据一个沙发，静悄悄地在等候一位大官的来临。我细心观察，他们每个人都没有坐稳当，全是用右半边臀部斜压着一点点沙发的边缘，好像随时都可以挺身而起的样子。果然，房门喀啦一声响，大家以为一定是那官儿来了，于是轰地一下子全体肃立，身段好灵活，手脚好麻利，没有一个是四脚朝天地在沙发上挣扎。可惜这回进来的不是那官儿，是茶房托着漆盘送茶。大家各返原防，一次二次地演习，终于在觐见的仪式中没有一个落后的。假如用正规的姿态去坐沙发，我相信一定有人在沙发上扑腾不起来，会急死！

和高于自己的人对坐，须要全身筋肉紧张，然后才显得自己像是一块有用的材料，才能讨人欢喜。如果想全身弛懈地瘫在沙发上，你只好回家当老爷子去。

坐沙发的姿势固然人各不同，但与沙发本身无关，沙发本身原是为给人舒适的。所以最善于使用沙发者莫过于孩子。孩子天真无邪，看见沙发软乎乎的，便在上面跳蹦起来，使那弹簧尽最大的功效，他可以横躺竖躺倒躺，甚至翻个筋斗，挡上两把木椅还可权充一只小床，假如沙发不想传代，是应该这么使用。

我到人家去，十有八九都遇见有沙发可坐。但是很难得能享受沙发的舒适。我最怕的是那种上了年纪的沙发，年久失修，坑洼不平，弹簧的圈儿清清楚楚地在布底下露着，老气横秋地摆在那里，主人一巡儿地请你上座，你只好就座，坐上去就好像上刀山一般，稍一转动，铿然作响。有时候简直坐不住，要溜下来，或是溜在一边。只好退一步想，比坐针毡总好一些。也许是我的运气不佳，时常在冬天遇见皮沙发，冰凉的，在夏天又遇见绒沙发，发汗。有时候沙发上带白布套，又往往稀松，好像是没有系带的袜子似的，随时往下松。我还欣赏过一种不修边幅的沙发，挨着脑壳的那一部分锃光大亮的，起码有半分厚的油泥，扶手的地方也是光可鉴人，可以磨剃刀。像这种种的沙发，放在屋里，只能留着做一种刑具用，实在谈不上舒适。

—— 窗外 ——

是雅是俗，是闹是静，只好随缘

窗子就是一个画框，只是中间加些棂子，从窗子望出去，就可以看见一幅图画。那幅图画是妍是媸，是雅是俗，是闹是静，那就只好随缘。我今寄居海外，栖身于“白屋”楼上一角，临窗设几，作息于是，沉思于是，只有在抬头见窗的时候看到一幅幅的西洋景。现在写出窗外所见，大概是近似北平天桥之大金牙的拉大篇吧？

“白屋”是地地道道的一座刷了白颜色油漆的房屋，既没有白茅覆盖，也没有外露木材，说起来好像是《韩诗外传》里所谓的“穷巷白屋”，其实只是一座方方正正的见棱见角的美国初期形式的建筑物。我拉开窗帘，首先看见的是一块好大好大的天。天为盖，地为舆，谁没有看见过天？但是，不，以前住在人烟稠密天下第一的都市里，我看见的天仅是小小的一块，像是坐井观天，迎面是楼，左面是楼，右面是楼，后面还是楼，楼上不是水塔，就是天线，再不然就是五色缤纷的晒洗衣裳。井底蛙所见的天只有那么一点点。“白屋”地势荒僻，眼前没有遮拦，尤其是东边隔街是一个小学操场，绿草如茵，偶然有些孩子在那里蹦蹦跳跳；北边是一大块空地，长满了荒草，前些天还绽出一片星星点点的黄花，这些天都枯黄了，枯草里有几株参天的大树，有枞有枫，都直挺挺地稳稳地矗立着；南边隔街有两家邻居；西边也有一家。有一天午后，小雨方住，蓦然看见天空一道彩虹，是一百八十度完完整整的清清楚楚的一条彩带，所谓虹饮江皋，大概就是这个样子。虹销雨霁的景致，不知看过多少次，却没看过这样规模壮阔的虹。窗外太空旷了，有时候零雨潸潸，竟不见雨脚，不闻雨声，只见有人撑着伞，坡路上的水流成了渠。

路上的汽车往来如梭，而行人绝少。清晨有两个头发斑白的老者绕着操场跑步，跑得气咻咻的，不跑完几个圈不止，其中有一个还有一条大黑狗做伴。黑狗除了运动健身之外，当然不会轻易放过一根电线杆子而不留下一点记号，更不会不选一块芳草鲜美的地方施上一点肥料。天气晴和的时候常有十八九岁的大姑娘穿着斜纹布蓝工裤，光着脚在路边走，白皙的两只脚光光溜溜的，脚底板踩得脏兮兮，路上万一有个图钉或玻璃碴儿之类的东西，不知如何是好。日本的武者小路实笃曾经说起：“传有久米仙人者，因逃情，入山苦修成道。一日腾云游经某地，见一浣纱女，足胫甚白，目眩神驰，凡念顿生，飘忽之间已自云头跌下。”（见周梦蝶诗《失题》附记）我不会从窗头跌下，因为我没有目眩神驰。我只是想：裸足走路也算是年轻一代之反传统反文明的表现之一，以后恐怕还许有人要手脚着地爬着走，或索性倒竖蜻蜓用两只手走路，岂不更为彻底更为前进？至于长发大胡子的男子现在已经到处皆是，甚至我们中国人也有沾染这种习气的（包括一些学生与餐馆侍者），习俗移人，以至于此！

星期四早晨清除垃圾，也算是一景。这地方清除垃圾的工作不由官办，而是民营。各家的垃圾储藏在几个铅铁桶里，上面有盖，到了这一天则自动送到门前待取。垃圾车来，并没有八音琴乐，也没有叱咤吆喝之声，只闻稀里哗啦的铁桶响。车上一共两个人，一律是彪形黑大汉，一个人搬铁桶往车里掼，另一个司机也不闲着，车一停他也下来帮着搬，而且两个人都用跑步，一点儿也不从容。垃圾掼进车里，机关开动，立即压绞成为碎渣，要想从垃圾里拣出什么瓶瓶罐罐的分门别类地放在竹篮里挂在车厢上，殆无可能。每家月纳清洁费二元七角钱，包商叫苦，要求各家把铁桶送到路边，节省一些劳力，否则要加价一元。

公共汽车的一个招呼站就在我的窗外。车里没有车掌，当然也就没有晚娘面孔。所有开门，关门，收钱，掣给转站票，全由司机一人兼理。幸亏坐车的人不多，司机还有闲情逸致和乘客说声早安。二十分钟左右过一班车，当然是亏本生意，但是贴本也要维持。每一班车都是疏疏落落的三五个客人，凄凄清清惨惨。许多乘客是老年人，目视昏花，手脚失灵，耳听聋聩，反应迟缓，公共汽车是他们唯一的交通工具。也有按时上班的年轻人搭乘，大概是怕城里没处停放汽车。有一位工人模样的候车人，经常准时在我窗下出现，从容打开食盒，取出热水瓶，喝一杯咖啡，然后登车而去。

我没有看见过一只过街鼠，更没看见过老鼠肝脑涂地地陈尸街心。狸猫多得很，几乎个个是肥头胖脑的，毛也泽润。猫有猫食，成瓶成罐地在超级市场的货架上摆着。猫刷子，猫衣服，猫项链，猫清洁剂，百货店里都有。我几乎每天看见黑猫白猫在北边荒草地里时而追逐，时而亲昵，时而打滚。

第三部分

趣味，慢慢享受一点也不迟

—— 养成好习惯 ——

充满良好习惯的生活，才是合于“自然”的生活

人的天性大致是差不多的，但是在习惯方面却各有不同。习惯是慢慢养成的，在幼小的时候最容易养成，一旦养成之后，要想改变过来却还不很容易。

例如说：清晨早起是一个好习惯，这也要从小时候养成，很多人从小就贪睡懒觉，一遇假日便要睡到日上三竿还高卧不起，平时也是不肯早起，往往蓬头垢面地就往学校跑，结果还是迟到，这样的人长大了之后也常是不知振作，多半不能有什么成就。祖逖闻鸡起舞，那才是志士奋励的榜样。

我们中国人最重礼，因为礼是行为的规范。礼要从家庭里做起。姑举一例：为子弟者“出必告，反必面”，这一点点对长辈的起码的礼，我们是否已经每日做到了呢？我看见有些个孩子早晨起来对父母视若无睹，晚上回到家来如入无人之境，遇到长辈常常横眉冷目，不屑搭讪。这样的跋

扈乖戾之气如果不早早地纠正过来，将来长大到社会服务，必将处处引起摩擦不受欢迎。我们不仅对长辈要恭敬有礼，对任何人都应该维持相当的礼貌。

大声讲话，扰及他人的宁静，是一种不好的习惯。我们试自检讨一番，在别人读书工作的时候是否有过喧哗的行为？我们要随时随地为别人着想，维持公共的秩序，顾虑他人的利益，不可放纵自己，在公共场所人多的地方，要知道依次排队，不可争先恐后地去乱挤。

时间即是生命。我们的生命是一分一秒地在消耗着，我们平常不大觉得，细想起来实在值得警惕。我们每天有许多的零碎时间于不知不觉中浪费掉了。我们若能养成一种利用闲暇的习惯，一遇空闲，无论其为多么短暂，都利用之做一点有益身心之事，则积少成多终必有成。常听人讲起“消遣”二字，最是要不得，好像是时间太多无法打发的样子，其实人生短促极了，哪里会有多余的时间待人“消遣”？陆放翁有句云：“待饭未来还读书。”我知道有人就经常利用这“待饭未来”的时间读了不少的大书。古人所谓“三上之功”，枕上、马上、厕上，虽不足为训，其用意是在劝人不要浪费光阴。

吃苦耐劳是我们这个民族的标志。古圣先贤总是教训我们要能过得俭朴的生活，所谓“一箪食，一瓢饮”，就是形容生活状态之极端地刻苦，所谓“嚼得菜根”，就是表示一个有志的人之能耐得清寒。恶衣恶食，不足为耻，丰衣足食，不足为荣，这在个人之修养上是应有的认识。罗马帝国盛时的一位皇帝，马克·奥勒留（Marcus Aurelius），他从小就摒绝一切享受，从来不参观那当时风靡全国的赛车、比武之类的娱乐，终其身成为一位严肃的苦修派的哲学家，而且也建立了不朽的事功。这是很值得令人钦佩的。我们中国是一个穷的国家，所以我们更应该体念艰难，弃绝一切奢侈，尤其是从外国来的奢侈。宜从小就养成俭朴的习惯，更要知道物力维艰，竹头木屑，皆宜爱惜。

以上数端不过是偶然拈来，好的习惯千头万绪，“勿以善小而不为”。习惯养成之后，便毫无勉强，临事心平气和，顺理成章。充满良好习惯的生活，才是合于“自然”的生活。

—— 学问与趣味 ——

在学问上果能感觉到趣味，真能废寝忘食，锲而不舍

前辈的学者常以学问的趣味启迪后生，因为他们自己实在是得到了学问的趣味，故不惜现身说法，诱导后学，使他们在愉快的心情之下走进学问的大门。例如，梁任公先生就说过：“我是个主张趣味主义的人，倘若用化学化分‘梁启超’这件东西，把里头所含一种元素名叫‘趣味’的抽出来，只怕所剩下的仅有个零了。”任公先生注重趣味，学问甚是渊博，而并不存有任何外在的动机，只是“无所为而为”，故能有他那样的成就。一个人在学问上果能感觉到趣味，有时真会像是着了魔一般，真能废寝忘食，真能不知老之将至，苦苦钻研，锲而不舍，在学问上焉能不有收获？不过我尝想，以任公先生而论，他后期的著述如《历史研究法》《先秦政治思想史》，以及有关墨子佛学陶渊明的作品，都可说是他的一点“趣味”在驱使着他，可是他在年轻的时候，从师受业，诵读典籍，那时节也全然是趣味么？做八股文，做试帖诗，莫非也是趣味么？我想未必。大概趣味云云，是指年长之后自动做学问之时而言，在年轻时候为学问打

根底之际恐怕不能过分重视趣味。学问没有根底，趣味也很难滋生。任公先生的学问之所以那样的博大精深，涉笔成趣，左右逢源，不能不说一大部分得力于他的学问根底之打得坚固。

我曾见许多年轻的朋友，聪明用功，成绩优异，而语文程度不足以达意，甚至写一封信亦难得通顺，问其故则曰其兴趣不在语文方面。又有一些位，执笔为文，斐然可诵，而视数理科目如仇雠，勉强才能及格，问其故则亦曰其兴趣不在数理方面，而且他们觉得某些科目没有趣味，便撇在一边视如敝屣，怡然自得，振振有词，略无愧色，好像这就是发扬趣味主义。殊不知天下没有没有趣味的学问，端视吾人如何发掘其趣味，如果在良师指导之下按部就班地循序而进，一步一步地发现新天地，当然乐在其中，如果浅尝辄止，甚至躐等躁进，当然味同嚼蜡，自讨没趣。一个有中上天资的人，对于普通的基本的文理科目，都同样的有学习的能力，绝不会本能地长于此而拙于彼。只有懒惰与任性，才能使一个人自甘暴弃地在“趣味”的掩护之下败退。

由小学到中学，所修习的无非是一些普通的基本知识。就是大学四年，所授课业也还是相当粗浅的学识。世人常称大学为“最高学府”，这名称易滋误解，好像过此以上即无学问可言。大学的研究所才是初步研究学问的所在，在这里做学问也只能算是粗涉藩篱，注重的是研究学问的方法与实习。学无止境，一生的时间都嫌太短，所以古人皓首穷经，头发白了还是在继续研究，不过在这样的研究中确是有浓厚的趣味。

在初学的阶段，由小学至大学，我们与其倡言趣味，不如偏重纪律。一个合理编列的课程表，犹如一个营养均衡的食谱，里面各个项目都是有益而必需的，不可偏废，不可再有选择。所谓选修科目也只是在某一项目范围内略有拣选余地而已。一个受过良好教育的人，犹如一个科班出身的戏剧演员，在坐科的时候他是要服从严格纪律的，唱功做功武把子都要认真学习，各种角色的戏都要完全谙通，学成之后才能各按其趣味而单独发展其所长。学问要有根底，根底要打得平正坚实，以后永远受用。初学阶段的科目之最重要的莫过于语文与数学。语文是阅读达意的工具，国文不通便很难表达自己，外国文不通便很难吸取外来的新知。数学是思想条理之最好的训练。其他科目也各有各的用处，其重要性很难强分轩轾，例如体育，从另一方面看也是重要得无以复加。总之，我们在求学时代，应该暂且把趣味放在一边，耐着性子接受教育的纪律，把自己锻炼成为坚实的材料。学问的趣味，留在将来慢慢享受一点也不迟。

—— 衣裳 ——

衣裳是文化中很灿烂的一部分

莎士比亚有一句名言：“衣裳常常显示人品。”又有一句：“如果我们沉默不语，我们的衣裳与体态也会泄露我们过去的经历。”可是我不记得是谁了，他曾说过更彻底的话：我们平常以为英雄豪杰之士，其仪表堂堂确是与众不同，其实，那多半是衣裳装扮起来的，我们在画像中见到的华盛顿和拿破仑，固然是奕奕赫赫，但如果我们在澡堂里遇见二公，赤条条一丝不挂，我们会要有异样的感觉，会感觉到脱光了大家全是一样。这话虽然有点玩世不恭，确有至理。

中国旧式士子出而问世必须具备四个条件：一团和气，两句歪诗，三斤黄酒，四季衣裳。可见衣裳是要紧的。我的一位朋友，人品很高，就是衣裳“普罗”一些，曾随着一伙人在上海最华贵的饭店里开了一个房间，后来走出饭店，便再也不得进去，司阍的巡捕不准他进去，理由是此处不施舍。无论怎样解释也不得要领，结果是巡捕引他从后门进去，穿过厨房，到账房内去理论。这不能怪那巡捕，我们几曾看见过看家的狗咬过衣裳楚楚的客人？

衣裳穿得合适，煞费周章，所以内政部礼俗司虽然绘定了各种服装的式样，也并不曾推行，幸而没有推行。自从我们剪了小辫儿以来，衣裳就没有了体制，绝对自由，中西合璧的服装也不算违禁，这时候若再推行“国装”，只是于错杂分歧之中更加重些纷扰罢了。

李鸿章出使外国的时候，袍褂顶戴，完全是“满大人”的服装。我虽无爱于清朝章制，但对于他的不穿西装，确实是很佩服的。可是西装的势力毕竟太大了，到如今理发匠都是穿西装的居多。我忆起了二十年前我穿西装的一幕。那时候西装还是一件比较新奇的事物，总觉得有点“机械化”，其构成必相当复杂。一班几十人要出洋，于是西装逼人而来，试穿之日，适值严冬，或缺皮带，或无领结，或衬衣未备，或外套未成，但零件虽然不齐，吉期不可延误，所以一阵骚动，胡乱穿起，有的宽衣博带如稻草人，有的细腰窄袖如马戏丑，大体是赤着身体穿一层薄薄的西装裤，冻得涕泗交流，双膝打战，那时的情景足当得起“沐猴而冠”四个字。当然后来技术渐渐精进，有的把裤脚管烫得笔直，视如第二生命，有的在衣袋里插一块和领结花色相同的手绢，俨然像是一个绅士，猛然一看，国籍都要发生问题。

西装是有一定的标准的。譬如，做裤子的材料要厚，可是我看见过有人在光天化日之下穿夏布西装裤，光线透穿，真是骇人！衣服的颜色要朴素沉重，可是我见过著名自诩讲究穿衣裳的男子们，他们穿的是色彩刺目的宽格大条的材料，颜色惊人的衬衣，如火如荼的领结，那样子只有在外国杂耍场的台上才偶然看得见。大概西装破烂，固然不雅，但若崭新而俗恶则更不可当。所谓洋场恶少，其气味最下。

中国的四季衣裳，恐怕要比西装更麻烦些。固然西装讲究起来也是不得了的，历史上著名的一例，詹姆斯一世的朋友白金汉爵士有衣服一千六百二十五套。普通人有十套八套的就算很好了。中装比较的花样要多些，虽然终年一两件长袍也能度日。中装有一件好处，舒适。中装像是变形虫，没有一定的形式，随着穿的人身体变。不像西装，肩膀上不用填麻布使你冒充宽肩膀，脖子上不用戴枷系索，裤子里面有的是“生存空间”，而且冷暖平均，不像西装咽喉下面一块只是一层薄衬衣，容易着凉，裤子两边插手袋处却又厚至三层，特别郁热！中国长袍还有一点妙处，马彬和先生（英国人，入我国籍）曾为文论之。他说这钟形长袍是没有差别的，平等的，一律地遮掩了贫富贤愚。马先生自己就是穿一件蓝长袍，他简直崇拜长袍。据他看，长袍不势利，没有阶级性，可是在中国，长袍同志也自成阶级，虽然四川有些抬轿的也穿长袍。中装固然比较随便，但亦不可太随便，例如脖子底下的纽扣，在西装可以不扣，长袍便非扣不可，否则便不合于“新生活”。再例如虽然在蚊虫甚多的地方，裤脚管亦不可放进袜筒里去，作绍兴师爷状。

男女服装之最大不同处，便是男装之遮盖身体无微不至，仅仅露出一张脸和两只手可以吸取日光紫外线，女装的趋势，则求遮盖愈少愈好。现在所谓旗袍，实际上只是大坎肩，因为两臂已经齐根划出。两腿尽管细直如竹筷，扭曲如松根，也往往一双双地摆在外面。袖不蔽肘，赤足裸腿，从前在某处都曾悬为厉禁，在某一种意义上，我们并不惋惜。还有一点可以指出，男子的衣服，经若干年的演化，已达到一个固定的阶段，式样色彩大概是千篇一律的了，某一种人一定穿某一种衣服，身体丑也好，美也好，总是要罩上那么一套。女子的衣裳则颇多个人的差异，仍保留大量的装饰的动机，其间大有自由创造的余地。既是创造，便有失败，也有成功。成功者便是把身体的优点表彰出来，把劣点遮盖起来；失败者便是把劣点显示出来，优点根本没有。我每次从街上走回来，就感觉到我们除了优生学外，还缺乏妇女服装杂志。不要以为妇女服装是琐细小事，法朗士说得好：“如果我死后还能在无数出版书籍当中有所选择，你想我将选什么呢？……在这未来的群籍之中我不想选小说，亦不选历史，历史若有兴味亦无非小说。我的朋友，我仅要选一本时装杂志，看我死后一世纪中妇女如何装束。妇女装束之能告诉我未来的人文，胜过于一切哲学家、小说家、预言家及学者。”

衣裳是文化中很灿烂的一部分。所以，裸体运动除了在必要的时候之外（如洗澡等），我总不大赞成。

—— 旅行 ——

旅行是享受清福的时候

我们中国人是最怕旅行的一个民族。闹饥荒的时候都不肯轻易逃荒，宁愿在家乡吃青草啃树皮吞观音土，生怕离乡背井之后，在旅行中流为饿殍，失掉最后的权益——寿终正寝。至于席丰履厚的人更不愿轻举妄动，墙上挂一张图画，看看就可以当“卧游”，所谓“一动不如一静”。说穿了，“太阳下没有新鲜事物”。号称山川形胜，还不是几堆石头一汪子水？我记得做小学生的时候，郊外踏青，是一桩心跳的事，多早就筹备，起个大早，排成队伍，擎着校旗，鼓乐前导，事后下星期还得做一篇《远足记》，才算功德圆满。旅行一次是如此地庄严！我的外祖母，一生住在杭州城内，八十多岁，没有逛过一次西湖，最后总算去了一次，但是自己不能行走，抬到了西湖，就没有再回来——葬在湖边山上。

古人云：“一生能着几两屐？”这是劝人及时行乐，莫怕多费几双鞋。但是旅行果然是一桩乐事吗？其中是否含着有多少苦恼的成分呢？

出门要带行李，那一个几十斤重的五花大绑的铺盖卷儿便是旅行者的第一道难关。要捆得紧，要捆得俏，要四四方方，要见棱见角，与稀松露馅的大包袱要迥异其趣，这已经就不是一个手无缚鸡之力的人所能胜任的了。关卡上偏有好奇人要打开看看，看完之后便很难得再复原。“乘兴而来，兴尽而返”。很多人在打完铺盖卷儿之后就觉得游兴已尽了。在某些国度里，旅行是不需要携带铺盖的，好像凡是有床的地方就有被褥，有被褥的地方就有随时洗换的被单——旅客可以无牵无挂，不必像蜗牛似的顶着安身的家伙走路。携带铺盖究竟还容易办得到，但是没听说过带着床旅行的，天下的床很少没有臭虫设备的。我很怀疑一个人于整夜输血之后，第二天还有多少精神游山逛水。我有一个朋友发明了一种服装，按着他的头躯四肢的尺寸做了一件天衣无缝的睡衣，人钻在睡衣里面，只留眼前两个窟窿，和外界完全隔绝一只是那样子有些像是KKK（恐怖组织3K党），夜晚出来曾经几乎吓死一个人！

原始的交通工具，并不足为旅客之苦。我觉得“滑竿”“架子车”都比飞机有趣。“御风而行，泠然善也”，那是神仙生涯。在尘世旅行，还是以脚能着地为原则。我们要看朵朵的白云，但并不想在云隙里钻出钻进；我们要“横看成岭侧成峰，远近高低各不同”，但并不想把世界缩小成假山石一般玩物似的来欣赏。我惋惜弥尔顿所称述的中土有“挂帆之车”尚不曾坐过。交通工具之原始不是病，病在于舟车之不易得，车夫舟子之不易缠，“衣帽自看”固不待言，还要提防青纱帐起。刘伶“死便埋我”，也不是准备横死。

旅行虽然夹杂着苦恼，究竟有很大的乐趣在。旅行是一种逃避——逃避人间的丑恶。“大隐藏人海”，我们不是大隐，在人海里藏不住。岂但人海里安不得身，在家园也不容易遁迹。成年地圈在四合房里，不必仰屋就要兴叹；成年地看着家里的那一张脸，不必牛衣也要对泣。家里面所能看见的那一块青天，只有那么一大块。取之不尽用之不竭的清风明月，在家里都不能充分享受，要放风筝需要举着竹竿爬上房脊，要看日升月落需要左右邻居没有遮拦。走在街上，熙熙攘攘，磕头碰脑的不是人面兽，就是可怜虫。在这种情形之下，我们虽无勇气披发入山，至少为什么不带着一把牙刷捆起铺盖出去旅行几天呢？在旅行中，少不了风吹雨打，然后倦飞知还，觉得“在家千日好，出门一时难”，这样便可以把那不可容忍的家变成为暂时可以容忍的了。下次忍耐不住的时候，再出去旅行一次。如此地折腾几回，这一生也就差不多了。

旅行中没有不感觉枯寂的，枯寂也是一种趣味。哈兹利特（Hazlitt）主张在旅行时不要伴侣，因为：“如果你说路那边的一片豆田有股香味，你的伴侣也许闻不见。如果你指着远处的一件东西，你的伴侣也许是近视的，还得戴上眼镜看。”一个不合意的伴侣，当然是累赘。但是人是个奇怪的动物，人太多了嫌闹，没人陪着嫌闷。耳边嘈杂怕吵，整天咕嘟着嘴又怕口臭。旅行是享受清福的时候，但是也还想拉上个伴。只有神仙和野兽才受得住孤独。在社会里我们觉得面目可憎语言无味的人居多，避之唯恐或晚，在大自然里又觉得人与人之间是亲切的。到美国落基山上旅行过的人告诉我，在山上若是遇见另一个旅客，不分男女老幼，一律脱帽招呼，寒暄一两句。这是很有意味的一个习惯。大概只有在旷野里我们才容易感觉到人与人是属于一门一类的动物，平常我们太注意人与人的差别了。

真正理想的伴侣是不易得的，客厅里的好朋友不见得即是旅行的好伴侣，理想的伴侣须具备许多条件，不能太脏，如嵇叔夜"头面常一月十五日不洗，不太闷痒不能沐"，也不能有洁癖，什么东西都要用火酒揩；不能如泥塑木雕，如死鱼之不张嘴，也不能终日喋喋不休，整夜鼾声不已；不能油头滑脑，也不能蠢头呆脑，要有说有笑，有动有静，静时能一声不响地陪着你看行云，听夜雨，动时能在草地上打滚像一条活鱼！这样的伴侣哪里去找？

—— 运动 ——

体格健壮才是真正的本钱，可以令人少生病多做事

大概是李鸿章吧，在出使的时候道出英国，大受招待，有一位英国的皇族特别讨好，亲自表演网球赛，以娱嘉宾，我们的特使翎顶袍褂地坐在那里参观，看得眼花缭乱，那位皇族表演完毕，气咻咻然，汗涔涔然，跑过来问大使表演如何，特使戚然曰："好是好，只是太辛苦，为什么不雇两个人来打呢？"我觉得他答得好，他充分地代表了我们国人多少年来对于运动的一种看法。看两个人打球，是很有趣味的，如果旗鼓相当，砰一声打过来，砰一声打过去，那趣味是不下于看斗鸡、斗鹌鹑、斗蟋蟀。人多少还有一点蛮性的遗留，喜欢站在一个安逸的地方看别个斗争，看到紧急处自己手心里冷津津地捏着两把汗，在内心处感觉到一种轻松。可是自己参加表演，就犯不着累一身大汗，何苦来哉？摔跤的，比武的，那是江湖卖艺者流，士君子所不取。虽然相传自黄帝时候就有"蹴鞠"之戏，可是自汉唐以降我们还不知道谁是蹴球健将，我看了《水浒传》才知道宋朝一个"浮浪破落户子弟""高俅那厮""最是踢得好脚气球"。我们自古以

来就讲究雍容揖让，纵然为了身体的健康，做一点运动，也要有分寸，顶多不过像陶侃之“日运百甓”，其用意也无非是习劳，并不曾想把身体锻炼得健如黄犊。

士大夫阶级太文明了，太安逸了，固然肢体都要退化，有变成侏儒的危险，肩不能挑担，手不能提篮，有变为废物的可能，但是在另一方面所谓的广大民众又嫌太劳苦了，营养不足，疲劳过度，吃不饱，睡不足，一个个的面如削瓜，身体畸形发展，抬轿的肩膀上头有一块红肿的肉隆起如驼峰，挑水的脚筋上累累的疙瘩如瘿木，担石头的空手走路时也佝偻着腰像是个猿人，拉车子的鸡胸驼背，种庄稼的胼手胝足——对于这一般人我们实在不愿意再提倡运动，我们要提倡的是生活水准的提高，然后他们可以少些运动。对于躺着吃饭坐着顿膘的朋友们，我们可以因势利导劝他们行八段锦太极拳，大概不会发生什么大危险，对于天天在马路上赛跑的人力车夫们，田径赛是多余的。

外国人保留的蛮性要比我们多一些，也许是因为他们去古未远的缘故。看他们打架的方式就可以知道，一言不合，便是直接行动，看谁的胳臂力量大，不像我们之善于口角，干打雷不下雨。外国人的运动方式也多少和野蛮人的生活方式有些关联。我看过美国人赛足球，事前的准备不必提，单说比赛前夕的那个“鼓勇会”（Pep Meeting）就很吓人，在旷地燃起一堆烽火，大家围着火旋转叫嚣，熊熊的火光在每人的脸上照出一股“血丝糊拉”的狞恶相，队员被高高地举起在肩头上，像是要去做祭凶神的牺牲，只欠一阵阵呼呼的鼓，否则就很像印第安人战前的祭礼了。比赛的凶猛也不必提，只要看旁边助威的啦啦队，那真是如中疯魔生龙活虎一般，我们中国的所谓啦啦队轻描淡写地比起来只能算是幼年歌咏团。再说掷标枪，那不是和南非野人打猎一模一样的吗？打拳，那更是最直截了当的性命相扑。可是我说这些话并不含褒贬的意思。现在的外国人究竟不是野蛮人，他们很早地就在运动中建立起一套规矩，抽象的叫作运动道德。我们中国人素来不好运动，可是一运动起来就很容易口咬足踢连骂带打了。

美国学校的球队训练员是薪给最高的职位，如果他能训练出一队如狼似虎的队员在运动场上建立几次殊勋，他立刻就可以给学校收很大的招徕的功效。“所谓大学，即是一座伟大运动场附设一个小小的学院。”把运动当作一种霓虹广告，在外国已为人诟病，在中国某一些学校里仍然不失其为时髦。学校里体育功课不可少，一星期一小时，好像是纪念性质。一大群面有菜色的青年总可以挑出若干彪形大汉，供以在中国算是特殊的膳食，施以在外国不算严格的训练，自然都还相当茁壮，伸出胳臂来一连串的凸出的肉腱子，像是成串的陈皮梅似的，再饰以一身鲜明的服装，相当的壮观，可惜的是这仅仅是样品而已。这些样品能孳生出更有价值的样品——锦标、银杯。没有锦标银杯，校长室和会客室里面就太黯淡了。

有人说，人的筋肉骨骼的发达是和脑筋的发达成正比例的。就整个的民族而言，也许是的，就个人分别而言，可是例外太多。在学校里谁都知道许多脑力过人的人往往长得像是一颗小蹦豆儿，好多在运动场上打破纪录的人在智力上并不常常打破纪录，除非是偶然地破留校年数的纪录。还有一层，运动和体育不同，犹之体格健壮与飞檐走壁不同。体格健壮是真正的本钱，可以令人少生病多做事，至于跳得高跑得快玩起球来“一似鳔胶粘在身上”，那当然也是一技之长，那意义不在耍坛子、举石锁、踩高跷、踏软绳之下。

为了四亿以上的人建筑一座运动场，不算奢侈。我参观过一座运动场，规模不算小，并且曾经用过一次，只是看台上已经长了好几尺高的青草，好像是要兼营牧畜的样子，我当时的感想，就和我有一次看见我们的一艘军舰的铁皮上长满海藻蚌蛤时的感想一般。

—— 观光 ——

江山秀丽是“天开图画”，而文化都是人为的

一位外国教授休假旅行，道出台湾，事前辗转托人来信要我予以照料，导游非我副业，但情不可却。事实证明“马路翻译”亦不易为，因为这一对老妇要我带他们到一条名为Hagglers Alley的地方去观光一番，我当时就踌躇起来，不知是哪一条街能有独享这样的一个名称的光荣。所谓haggler，就是“讨价还价的人”。他们没有见过这种场面，想见识一下，亦人情之常。我们在汉朝就有一位韩康，卖药长安，言不二价，名列青史，传为美谈。他若是和我谈起这段故事，我当然会比较的觉得面上有光，我再一想，韩康是一位逸士，在历史上并不多见，到如今当然更难找到。不提他也罢。一条街以“讨价还价”为名，足以证明其他的街道之上均不讨价还价，这也还是相当体面之事。好，就带他们到城里去走一遭。来客看出我有一点踌躇，便从箱箧中寻出一个导游小册，指给我看，台北八景之一的“讨价还价之街”赫然在焉。幸好其中没有说明中文街名，也没有说明在什么地方。在几乎任何一条街上都可以进行讨价还价之令人兴奋的经验。

按照导游小册，他们还要看山胞跳舞。讲到跳舞，我们古已有之，可惜“舞雩归咏”的情形只能在书卷里依稀体会之，就是什么霓裳羽衣剑器浑脱之类，我们也只有其名。观光客要看的是更古老的原始的遗留！越简陋的越好！“祝发文身错臂左衽”，都是有趣的。我告诉他们这种山胞跳舞需要到山地方能看到，这使他们非常失望。（我心里明白，虽然他们口里没有说出，他们也一定很想看看“出草”的盛况哩。读过Swift的《一个低调的建议》的人，谁不想参观一下福尔摩萨的生吃活人肉的风俗习惯？）后来他们在出卖“手工艺”的地方看到袖珍型的“国剧脸谱”，大喜过望，以为这必定是几千年几万年前的古老风俗的遗留。我虽然极力解释这只是“国剧”的“脸谱”，不同于他们在非洲内地或南海岛屿上所看到的土人的模型，但是他们仍很固执地表示衷心喜悦，嘴角上露出了所谓a serendipic smile（如获至宝的微笑），慷慨解囊，买了几份，预备回国去分赠亲友，表示他们看到一些值得一看的东西。

我有一个朋友，他家里曾经招待过一位观光女客。她饱餐了我们的世界驰名的佳肴之后，忽然心血来潮想要投桃报李，坚持要下厨房亲手做一顿她们本国的饭食，以娱主人。并且表示非亲自到市场采办不可。到我们的菜市场去观光！我们的市场里的物资充斥，可以表示出我们的生活的优裕，不需要配给券，人人都可以满载而归，个个菜筐都可以“青出于蓝”，而且当场杀鸡宰鱼，表演精彩不另收费。市场里虽然顾客摩肩接踵，依然可以撑着雨伞，任由雨水滴到别人的头上，依然可以推着脚踏车在人丛中横冲直撞，把泥水擦在别人的身上，因为彼此互惠之故，亦能相安。薄施脂粉的一位太太顺手把额外的一条五花三层的肉塞进她的竹篮里，眼明手快的屠商很迅速地就把那条肉又抽了出来，起初是两边怒目而视，随后不知怎的又相视而笑，适可而止，不伤和气。市场里的形形色色实在是大有可观，直把我们的观光客看得不仅目瞪口呆，而且心荡神怡。主人很天真，事后问她我们的菜市与她们国家的菜市有何分别，她很扼要地回答说："敝国的菜市地面上没有泥水。"

这位观光客又被招待到日月潭，下榻于落成不久的一座大厦中之贵宾室，一切都很顺利，即使拖人的船夫和钉人的照相师都没有使她丧胆，但是到了深更半夜一只贼光溜亮的大型蟑螂舞着两根长须爬上被单，她便大叫一声惊动了全楼的旅客。事情查明之后，同情似乎都在蟑螂那一方面。蟑螂遍布全世界，它的历史比人类的还要久远，这种讨厌的东西酷爱和平，打它杀它，永不抵抗，它唯一的武器是反对节育，努力生产。外国女人看见一只老鼠都会晕倒，见蟑螂而失声大叫又何足奇？舞龙舞狮可以娱乐嘉宾，小小一只蟑螂不成敬意。

来台观光而不去看故宫古物，岂不等于是探龙颔而遗骊珠？可是我真希望观光客不要遇到那大排长队的背着水壶拿着豆沙面包的小学生，否则他们会要误会我们的小学生已经恶补收效到能欣赏周彝汉鼎的程度了。江山无论多么秀美壮丽，那是“天开图画”，与人无关，讲到文化，那都是人为的。我们中国文化，在故宫古物中间可以找到实证。也可以说中国文化几尽萃于是。这样的文物展览，当然傲视全球，唯一遗憾的是，祖先的光荣无助于孝子贤孙之飘蓬断梗！而且纵然我知道奋发，也不能再制“武丁甗”来炊饭，仍须乞灵于电锅。

—— 照相 ——

美的东西是永久的快乐

人的眼睛像一具照相机，不，应该说照相机略似人的眼睛。人的眼睛，眨巴眨巴地自动启闭，自动调整焦距，自动缩放光圈，自动分辨色光，一瞬间把眼前景物尽收眼底，而且不需计算曝光时间，不需冲洗，不需晒印，不需更换底片，印象长久保存在脑海里，随时可以在想象中涌现。照相机哪有这样方便?

但是照相机仍是一项了不起的发明。照相术可以把一些景象留在纸上，可以留待回忆，可以广为流传，实在是相当神妙，怪不得早先有人认为照相是洋鬼子的魔术，照相机是剜了死人的眼珠造成的，而且照相机底版上的人的映像是头朝下脚朝天，照一回相就要倒霉一次。

从前照相不是一件小事。谁家里大概都保有几张褪了色的迷迷糊糊的前辈照相，父母的、祖父母的、曾祖父母的。从前的喜神是请画师手绘的，多半是人咽了气之后就请画师来，揭开殓布着着实实地看几眼，把脸上特征牢记于心，回去慢慢细描，八九不离十。有了照相之后，就方便多了，照片上打了方格子，比照投影，照猫画虎，画出来神情毕肖。人老了，总要照几张相。照相之前必定盛装起来，袍衬齐整如见大宾，手里拿着半启的折扇，或是揉着两只铁球。如果夫人合照，则男左女右，各据太师椅一张，正襟危坐，一个是双腿八字开，一个是两脚齐并拢，中间小茶几一个，上置水烟袋、盖碗茶，前面一定有一只高大瓷痰桶，这是照相时必须摆出的标准架势。如果家里人丁旺，祖孙三代济济一堂，一幅合家欢是少不了的，二老坐当中，儿子、媳妇、孙男女按照辈分、年秩分列两旁，或是像兔儿爷摊子似的站在后排。有人忌讳照合家欢，说是照了之后该进祠堂的人可能很快地就进了祠堂。其实不照合家欢，结果也是一样，还是及时照了好。早先照相好像只是照相馆的事。杭州二我轩照的西湖十景和西湖一览的横幅，有许多人家挂在壁上作为卧游的对象，以为平添了什么“雷峰夕照”“三潭印月”“花港观鱼”“平湖秋月”之类的点缀便增加几分风雅。北平廊房头条的容光照相馆门口，永远有两幅当今显要的全身放大照片，多半是全副戎装，肩头两大撮丝穗，胸前挂满各色勋章。照相馆不仅技术高，能把一幅叱咤风云踌躇满志的神情拍摄出来，而且手脚快，能于一夕之间随着政潮起落更换门前时势英雄的玉照。

我父执辈有一位内蒙古王公，因为雄于资，以照相为消遣，开风气之先。风景人物一齐来。常是背着照相机拎着三脚架奔驰于玉泉山颐和园之间。意犹未足，在家里乘天气晴朗，关起屏门，呼妻唤妾，小院里春光荡漾，一一收入镜头，甚至召来男女演员裸体征逐，拍摄所得细腻处，胜过仇十洲的春宫秘戏。后来这位先生患了丹毒，浑身浮肿，头大如斗，化为一摊脓血而亡，有人说他照相伤了阴德。

我在二十二岁开始玩照相。第一架柯达克，长方形厚厚的一个匣子，打开匣子就自动拉出打褶的箱身，软片一搭子十二张，用一张抽一张，虽然简陋，比照相师把头蒙在黑布下装玻璃板要方便多了。后来添置了三脚架、自动计时器，调整好光圈、距离，按下快门之后，三步并作两步地走到前面，咔嚓一声，把自己照进去了，好得意。照相而不能自己洗晒，究竟不能十分满足，可是看了人家躲在厕所里遮上窗户用自制的一盏红灯埋头冲洗，闷出一头大汗，洗出来未必像样，那份洋罪我不想受。照相机日新月异，看样子永远赶不上潮流，新器材的发明永无终止，谁愿意投资于无底洞，于是我把照相这一桩嗜好刚要形成的时候就戒掉了。如今视力茫茫，两手微颤，想再重拾旧趣亦不可得。若是有人要给我照相，只要不嫌老丑，我是来者不拒，而且不需特别要求，不需请我说一声Squeeze，我会不吝报以微笑。印出来送我一张，多谢盛情，不送也无妨，可能是根本没洗出来。

很多做父母的非常钟爱他们的孩子，孩子尚在襁褓，就要给他照相留念，然后每隔周岁再照一张，说是给孩子生长过程留下一点痕迹，以为他日追忆过去之资，实则是父母满足他们自己钟爱之情。看着自己的骨肉幼苗逐年茁大，自有一种不可言说的快感。孩子长大成人，男婚女嫁，自成一个单位，对于过去并不怎样眷恋，关心的是他的配偶、自己的儿女，感兴趣的是他自己的下一代。我曾亲见一个孩子长大，授室前夕，他的母亲把他从小到大的照片簿交付给他，他说："你留着自己观赏吧，我不想要。"他的母亲好伤心。

结婚照大概是人人都很珍惜的，尤其是新娘子的照相，事前上装、美容、做发，然后经照相师的左摆布右摆布，非把观礼的亲友等得望穿秋水、神黯心焦不能露面。慢工出细活，结婚照相当然是俊俏美观，当事人看了扬扬得意，乐不可支，必定要彩色放大，供在案头、悬在壁上——"美的东西是永久的快乐"。乐还要与别人分享，才能大乐特乐，于是加印多张，到处投赠，希望别人惠存留念。但是据我所知，凡是以结婚照片赠人者，那些美丽的照片之短期内的归宿大概是——字纸篓。

—— 洗澡 ——

人的身与心应该都保持清洁

谁没有洗过澡！生下来第三天，就有“洗儿会”，热腾腾的一盆香汤，还有果子彩钱，亲朋围绕着看你洗澡。“洗三”的滋味如何，没有人能够记得。被杨贵妃用锦绣大襁褓裹起来的安禄山也许能体会一点点“洗三”的滋味，不过我想当时禄儿必定别有心事在。

稍为长大一点，被母亲按在盆里洗澡永远是终身不忘的经验。越怕肥皂水流进眼里，肥皂水越爱往眼角里钻。胳肢窝怕痒，两肋也怕痒，脖子底下尤其怕痒，如果咯咯大笑把身子弄成扭股糖似的，就会顺手一巴掌没头没脸地拍了下来，有时候还真有一点痛。

成年之后，应该知道澡雪垢滓乃人生一乐，但亦不尽然。我读中学的时候，学校有洗澡的设备，虽是因陋就简，冷热水却甚充分。但是学校仍须严格规定，至少每三天必须洗澡一次。这规定比起汉律“吏五日得一休沐”意义大不相同。五日一休沐，是放假一天，沐不沐还不是在你自己。学校规定三日一洗澡是强迫性的，而且还有惩罚的办法，洗澡室备有签到簿，三次不洗澡者公布名单，仍不悛悔者则指定时间派员监视强制执行。以我所知，不洗澡而签名者大有人在，俨如伪造文书。从未见有名单公布，更未见有人在众目睽睽之下袒裼裸裎，法令徒成具文。

我们中国人一向是把洗澡当作一件大事的，自古就有沐浴而朝，斋戒沐浴以祀上帝的说法。曾点的生平快事是“浴于沂”。唯因其为大事，似乎未能视为日常生活的一部分。到了唐朝，还有人“居丧毁慕，三年不澡沐”。晋朝的王猛扪虱而谈，更是经常不洗澡的明证。白居易诗“今朝一澡濯，衰瘦颇有余”，洗一回澡居然有诗以记之的价值。

旧式人家，尽管是深宅大院，很少有特辟浴室的。一只大木盆，能蹲踞其中，把浴汤泼溅满地，便可以称心如意了。在北平，街上有的是“金鸡未唱汤先热，红日东升客满堂”的澡堂，也有所谓高级一些的如“西升平”，但是很多人都不敢问津。倒不一定是如米芾之“好洁成癖至不与人同巾器”，也不是怕进去被人偷走了裤子，实在是因为医药费用太大，“早晨皮包水，晚上水包皮”，怕的是水不仅包皮，还可能有点什么东西进入皮里面去。明知道有些城市的澡堂里面可以搓澡、敲背、捏足、修脚、理发、吃东西、高枕而眠，甚而至于不仅是高枕而眠，一律都非常方便，有些胆小的人还是望望然去之，宁可回到家里去蹲踞在那一只大木盆里将就将就。

近代的家庭洗澡间当然是令人称便，可惜颇有“西化”之嫌，非我国之所固有。不过我们也无须过于自馁，西洋人之早雨浴晚雨浴一天滗洗两回，也只是很晚近的事。罗马皇帝喀拉凯拉之广造宏丽的公共浴室容纳一万六千人同时入浴，那只是历史上的美谈。那些浴室早已由于蛮人入侵而沦为废墟，早期基督教的禁欲趋向又把沐浴的美德破坏无遗。在中古期间的僧侣是不大注意他们的肉体上的清洁的。“与其澡于水，宁澡于德”（傅玄《澡盘铭》）大概是他们所信奉的道理。

欧洲近代的修女学校还留有一些中古遗风，女生们隔两个星期才能洗澡一次，而且在洗的时候还要携带一件长达膝部以下的长袍作为浴衣，脱衣服的时候还有一套特殊技术，不可使自己看到自己的身体。英国维多利亚时代之“星期六晚的洗澡”是一般人民经常有的生活项目之一。平常的日子大概都是“不宜沐浴”。

我国的佛教僧侣也有关于沐浴的规定，请看《百丈清规·六》：“展浴袱取出浴具于一边，解上衣，未卸直裰，先脱下面裙裳，以脚布围身，方可系浴裙，将裩袴卷摺纳袱内。”虽未明言隔多久洗一次，看那脱衣层次规定之严，其用心与中古基督教会殆异曲同工。

在某些情形之下裸体运动是有其必要的，洗澡即其一也。在短短一段时间内，在一个适当的地方，即使于洗濯之余观赏一下原来属于自己的肉体，亦无伤大雅。若说赤身裸体便是邪恶，那么衣冠禽兽又好在哪里？

《礼记·儒行》云："儒有澡身而浴德。"我看人的身与心应该都保持清洁，而且并行不悖。

—— 不亦快哉 ——

快人快语，读来亦觉快意

金圣叹作《三十三不亦快哉》，快人快语，读来亦觉快意。不过快意之事未必人人尽同，因为观点不同时势有异。就观察所及，试编列若干则如下：

其一，晨光熹微之际，人牵犬（或犬牵人），徐步红砖道上，呼吸新鲜空气，纵犬奔驰，任其在电线杆上或新栽树上便溺留念，或是在红砖上排出一摊狗屎以为点缀。庄子曰：道在屎溺。大道无所不在，不简秽贱，当然人犬亦应无所差别。人因散步而精神爽，犬因排泄而一身轻，而且可以保持自己家门以内之环境清洁，不亦快哉！

其一，烈日下行道上，口燥舌干，忽见路边有卖甘蔗者，急忙买得两根，一手挥舞，一手持就口边，才咬一口即入佳境，随走随嚼，旁若无人，蔗滓随嚼随吐。人生贵适意，兼可为“你丢我捡”者制造工作机会，潇洒自如，不亦快哉！

其一，早起，穿着有条纹的睡衣裤，趿着凉鞋，抱红泥小火炉置街门外，手持破蒲扇，对着火炉徐徐扇之，俄而浓烟上腾，火星四射，直到天地絪缊，一片模糊。烟火中人，谁能不事炊爨？这是表示国泰民安，有米下锅，不亦快哉！

其一，天近黎明，牌局甫散，匆匆登车回府。车进巷口距家门尚有三五十码之处，任司机狂按喇叭，其声呜呜然，一声比一声近，一声比一声急，门房里有人竖着耳朵等候这听惯了的喇叭声已久，于是在车刚刚开到之际，两扇黑漆大铁门呀然而开，然后又訇的一声关闭。不费吹灰之力就使得街坊四邻矍然惊醒，翻个身再也不能入睡，只好瞪着大眼等待天明。轻而易举地执行了鸡司晨的事务，不亦快哉！

其一，放学回家，精神愉快，一路上和伙伴们打打闹闹，说说笑笑，尚不足以畅叙幽情，忽见左右住宅门前都装有电铃，铃虽设而常不响，岂不形同虚设，于是举臂舒腕，伸出食指，在每个纽上按戳一下。随后，就有人仓皇应门，有人倒屣而出，有人厉声叱问，有人伸头探问而瞠目结舌。躲在暗处把这些现象尽收眼底，略施小技，无伤大雅，不亦快哉！

其一，隔着墙头看见人家院内有葡萄架，结实累累，虽然不及“草龙珠”那样圆，“马乳”那样长，“水晶”那样白，看着纵不流涎三尺，亦觉手痒。爬上墙头，用竹竿横扫之，狼藉满地，损人而不利己，索兴呼朋引类乘昏夜越墙而入，放心大胆，各尽所能，各取所需，饱餐一顿。松鼠偷葡萄，何须问主人，不亦快哉！

其一，通衢大道，十字路口，不许人行。行人必须上天桥，下地道，岂有此理！豪杰之士不理会这一套，直入虎口，左躲右闪，居然波罗蜜多达彼岸，回头一看天桥上黑压压的人群犹在蠕动，路边的警察戟指大骂，暴躁如雷，而无可奈我何。这时节颔首示意，报以微笑，扬长而去，不亦快哉！

其一，宋周紫芝《竹坡诗话》："……有一人，极廉介，一日有家问，即令灭官烛，取私烛阅书，阅毕，命秉官烛如初。"做官的人迂腐若是，岂不可嗤！衙门机关皆有公用之信纸信封，任人领用，便中抓起一叠塞入公事包里，带回家去，可供写私信、发请柬、寄谢帖之用，顺手牵羊，取不伤廉，不亦快哉！

其一，逛书肆，看书展，琳琅满目，真是到了琅嬛福地。趁人潮拥挤看守者穷于肆应之际，纳书入怀，携归细赏，虽蒙贼名，不失为雅，不亦快哉！

其一，电话铃响，错误常居十之二三，且常于高枕而眠之时发生，而其人声势汹汹，了无歉意，可恼可恼。在临睡之前或任何不欲遭受干扰的时间，把电话机翻转过来，打开底部，略做手脚，使铃变得喑哑。如是则电话可以随时打出去，而外面无法随时打进来，主动操之于我，不亦快哉！

其一，生儿育女，成凤成龙，由大学卒业，而漂洋过海，而学业有成，而落户定居，而缔结良缘。从此螽斯衍庆，大事已毕，允宜在报端大刊广告，红色套印，敬告诸亲友，兼令天下人闻知，光耀门楣，不亦快哉！

—— 独来独往——读萧继宗《独往集》——

不追逐时髦，不说言不由衷的话

狮子和虎，在猎食的时候，都是独来独往；狐狸和犬，则往往成群结队。性情不同，习惯各异，其间并不一定就有什么上下优劣之分。萧继宗先生的集子名曰“独往”，单是这个标题就非常引人注意。

萧先生非常谦逊，在自序里说：“我老觉得一旦厕身于文学之林，便有点不尴不尬，蹩手蹩脚之感，所以我自甘永远做个‘槛外人’。”“我几篇杂文，可说是闭着眼睛写的。所谓闭着眼睛也者，是从没有留心外界的情形，也就是说与外界毫没干涉，只是一个人自说自话，所以叫它《独往集》。”客气尽管客气，作者的“孤介”的个性还是很明显地流露了出来。所谓“自说自话”，就是不追逐时髦，不被别人牵着鼻子走，不说言不由衷的话。写文章本应如此。客气话实在也是自负话。

萧先生这二十六篇杂文，确实可以证明这集子的标题没有题错，每一篇都有作者自己的见地，不人云亦云，这样的文章在如今是并不多见的。

作者有他的幽默感，也有他的正义感，这两种感交织起来，发为文章，便不免有一点恣肆，嬉怒笑骂，入木三分了。

我且举一个例，就可以概其余。集中《哆嗦》一篇，对于“喜欢掉书袋做注解的先生们”该是一个何等的讽刺。我年来喜欢读杜诗，在琉璃厂搜购杜诗各种版本及评解，花了足足二年多的时间买到六十几种（听说徐祖正先生藏有二百余种，我真不敢想象！），我随买随看，在评注方面殊少当意者。我们中国的旧式的学者，在做学问方面（至少表现在注诗方面者）于方法上大有可议之处。以仇兆鳌的详注本来说，他真是“矻矻穷年”，小心谨慎地注解，然后“缮写完备，装潢成帙”，进呈康熙皇帝御览的，一大堆的资料真积了不少，在数量上远超过以往各家的成绩，可是该注的不注，注也注不清楚，不该注的偏偏不嫌辞费连篇累牍刺刺不休，看起来真是难过（不仅仇兆鳌注诗如此，他如吴思齐的《杜诗论文》，其体例是把杜诗一首首做成散文提要，也一样的是常常令人摸不着要领）。对于先贤名著，不敢随意讥弹，但是心理确是有此感想。如今读了萧继宗先生的文章，真有先获我心之感，他举出了仇兆鳌所注《曲江》一首为例，把其中的可笑处毫不留情地揭发出来，真可令人浮一大白。萧先生虽未明说，这篇文章实在是对旧式学究的一篇讽刺。研究中国文学的人要跳开“词章”的窠臼，应用新的科学的整理方法方能把“文章遗产”发扬光大起来。

萧先生在最后一篇《立言》里临了说出这么一句：“今后想要立言，而且想传世不朽的话，只有一条大路，即是向科学方面寻出路。”这一句可以发人猛省的话。

第四部分

风中花香不问人

—— 胡适先生二三事 ——

胡先生尽管是圣人，也有他轻松活泼的一面

胡先生是安徽徽州绩溪县人，对于他的乡土念念不忘，他常告诉我们他的家乡的情形。徽州是个闭塞的地方。四面皆山，地瘠民贫，山地多种茶，每逢收茶季节茶商经由水路从金华到杭州到上海求售，所以上海的徽州人特多，号称徽帮，其势力一度不在宁帮之下。四马路一带就有好几家徽州馆子。民国十七八年间，有一天，胡先生特别高兴，请努生、光旦和我到一家徽州馆吃午饭。上海的徽州馆相当守旧，已经不能和新兴的广东馆、四川馆相比，但是胡先生要我们去尝尝他的家乡风味。

我们一进门，老板一眼望到胡先生，便从柜台后面站起来笑脸相迎，满口的徽州话，我们一点也听不懂。等我们扶着栏杆上楼的时候，老板对着后面厨房大吼一声。我们落座之后，胡先生问我们是否听懂了方才那一声大吼的意义。我们当然不懂，胡先生说："他是在喊：'绩溪老倌，多加油啊！'"原来绩溪是个穷地方，难得吃油大，多加油即是特别优待老乡之意。果然，那一餐的油不在少。有两个菜给我的印象特别深，一个是划

水鱼，即红烧青鱼尾，鲜嫩无比，一个是生炒蝴蝶面，即什锦炒生面片，非常别致。缺点是味太咸，油太大。

徽州人聚族而居，胡先生常夸说，姓胡的、姓汪的、姓程的、姓吴的、姓叶的，大概都是徽州，或是源出于徽州。他问过汪精卫、叶恭绰，都承认他们祖上是在徽州。努生调侃地说：“胡先生，如果再扩大研究下去，我们可以说中华民族起源于徽州了。”相与拊掌大笑。

吾妻季淑是绩溪程氏，我在胡先生座中如遇有徽州客人，胡先生必定这样的介绍我：“这是梁某某，我们绩溪的女婿，半个徽州人。”他的记忆力特别好，他不会忘记提起我的岳家早年在北京开设的程五峰斋，那是一家在北京与胡开文齐名的笔墨店。

胡先生酒量不大，但很喜欢喝酒。有一次他的朋友结婚，请他证婚，这是他最喜欢做的事，筵席只预备了两桌，礼毕入席，每桌备酒一壶，不到一巡而壶告罄。胡先生大呼添酒，侍者表示为难。主人连忙解释，说新娘是Temperance Lesgue（节酒会）的会员。胡先生从怀里掏出现洋一元交付侍者，他说：“不干新郎新娘的事，这是我们几个朋友今天高兴，要再喝几杯。赶快拿酒来。”主人无可奈何，只好添酒。

事实上胡先生从不闹酒。民国二十年春，胡先生由沪赴平，道出青岛，我们请他到青岛大学演讲，他下榻万国疗养院。讲题是《山东在中国文化里的地位》，就地取材，实在高明之至，对于齐鲁文化的变迁，儒道思想的递嬗，讲得头头是道，亹亹不倦，听众无不欢喜。当晚青大设宴，有酒如渑，胡先生赶快从袋里摸出一只大金指环给大家传观，上面刻着“戒酒”二字，是胡太太送给他的。

胡先生交游广，应酬多，几乎天天有人邀饮，家里可以无需开伙。徐志摩风趣地说：“我最羡慕我们胡大哥的肠胃，天天酬酢，肠胃居然吃得消！”其实胡先生并不欣赏这交际性的宴会，只是无法拒绝而已。民国二十年六月二十一日胡先生写信给我，劝我离开青岛到北大教书，他说：“你来了，我陪你喝十碗好酒！”

胡先生住上海极司菲尔路的时候，有一回请“新月”一些朋友到他家里吃饭，菜是胡太太亲自做的——徽州著名的“一品锅”。一只大铁锅，口径差不多有一呎，热腾腾地端了上桌，里面还在滚沸，一层鸡，一层鸭，一层肉，点缀着一些蛋皮饺，紧底下是萝卜白菜。胡先生详细介绍这一品锅，告诉我们这是徽州人家待客的上品，酒菜、饭菜、汤，都在其中矣。对于胡太太的烹调的本领，他是赞不绝口的。他认为另有一样食品也是非胡太太不办的，那就是蛋炒饭——饭里看不见蛋而蛋味十足，我虽没有品尝过，可是我早就知道其做法是把饭放在搅好的蛋里拌匀后再下锅炒。

胡先生不以书法名，但是求他写字的人太多，他也喜欢写。他做中国公学校长的时候，每星期到吴淞三两次，我每次遇见他都是看到他被学生们里三层外三层的密密围绕着。学生要他写字，学生需要自己备纸和研好的墨。他未到校之前，桌上已按次序排好一卷一卷的宣纸、一盘一盘的墨汁。他进屋之后就伸胳膊挽袖子，挥毫落纸如云烟，还要一面和人寒暄，大有手挥五弦目送飞鸿之势。胡先生的字如其人，清癯消瘦，而且相当工整，从来不肯作行草，一横一捺都拖得很细很长，好像是伸胳膊伸腿的样子。不像瘦金体，没有那一份劲逸之气，可是不俗。胡先生说起蔡孑民先生的字，也是瘦骨嶙峋，和一般人点翰林时所写的以黑大圆光著名的墨卷迥异其趣，胡先生曾问过他，以他那样的字何以能点翰林，蔡先生答说："也许是因为当时最流行的是黄山谷的字体罢！"

胡先生最爱写的对联是"大胆的假设，小心的求证；认真的做事，严肃的做人"。我常惋惜，大家都注意上联，而不注意下联。这一联有如双翼，上联教人求学，下联教人做人，我不知道胡先生这一联发生了多少效果。这一联教训的意味很浓，胡先生自己亦不讳言他喜欢用教训的口吻。他常说："说话而教人相信，必须斩钉截铁，咬牙切齿，翻来覆去地说。《圣经》里便是时常使用Verily、Verily以及Thou shalt等的字样。"胡先生说话并不武断，但是语气永远是非常非常坚定的。

赵瓯北的一首诗“李杜诗篇万口传，至今已觉不新鲜。江山代有才人出，各领风骚数百年”，也是胡先生所爱好的，显然是因为这首诗的见解颇合于提倡新文学者的口味。胡先生到台湾后，有一天我请他到师大讲演，讲的是“中国文学的演变”，以六十八高龄的人犹能谈上两个钟头而无倦色。在休息的时间，《中国语文》月刊请他题字，他题了三十多年前的旧句：“山风吹散了窗纸上的松影，吹不散我心头的人影。”

胡先生毕生服膺科学，但是他对于中医问题的看法并不趋于极端，和傅斯年先生一遇到孔庚先生便脸红脖子粗的情形大不相同。（傅斯年先生反对中医，有一次和提倡中医的孔庚先生在国民参政会席上相对大骂几乎要挥老拳。）胡先生笃信西医，但也接受中医治疗。

民国十四年二月孙中山先生病危，从医院迁出，住进行馆，改试中医，由适之先生偕名医陆仲安诊视。这一段经过是大家知道的。陆仲安初无籍籍名，徽州人，一度落魄，住在绩溪会馆所以才认识胡先生，偶然为胡先生看病，竟奏奇效，故胡先生为他揄扬，名医之名不胫而走。事实上陆先生亦有其不平凡处，盛名固非幸致。十五六年之际，我家里有人患病即常延陆来诊。陆先生诊病，无模棱两可语，而且处方下药分量之重令人惊异。药必须要到同仁堂去抓，否则不悦。每服药必定是大大的一包，小一点的药锅便放不进去。贵重的药更要大量使用。他的理论是：看准了病便要投以重剂猛攻。后来在上海有一次胡先生请吃花酒，我发现陆先生亦为席上客，那时候他已是大腹便便、仆仆京沪道上专为要人治病的名医了。

胡先生左手背上有一肉瘤隆起，医师劝他割除，他就在北平协和医院接受手术，他告诉我医师们动手术的时候，动用一切应有的设备，郑重其事地为他解除这一小患，那份慎重将事的态度使他感动。又有一次乘船到美国去开会，医师劝他先割掉盲肠再作海上旅行，以免途中万一遭遇病发而难以处治，他欣然接受了外科手术。

我没看见过胡先生请教中医或服中药，可是也不曾听他说过反对中医中药的话。

胡先生从来不在人背后说人的坏话，而且也不喜欢听人在他面前说别人的坏话。有一次他听了许多不相干的闲话之后喟然而叹曰："来说是非者，便是是非人！"相反的，人有一善，胡先生辄津津乐道，真是口角春风。徐志摩给我的一封信里有"胡圣潘仙"一语，是因为胡先生向有"圣人"之称，潘光旦只有一条腿，可跻身八仙之列，并不完全是戏谑。

但是誉之所至，谤亦随之。胡先生到台湾来，不久就出现了《胡适与国运》匿名小册（后来匿名者显露了真姓名），胡先生夷然处之，不予理会。胡先生兴奋地说，大陆上印出了三百万字清算胡适思想，言外之意，《胡适与国运》太不成比例了。胡先生返台定居，本来是落叶归根非常明智之举，但也不是没有顾虑。首先台湾气候并不适宜。一九五七年十一月二十五日给陈之藩先生的信就说："请胸部大夫检查两次X光照片都显示肺部有弱点（旧的、新的）。此君很不赞成我到台湾的'潮冷'又'潮热'的气候去久住。"但是一九五六年十一月十八日给赵元任夫妇的信早就说过："我现在的计划是要在台中或台北……为久居之计。不管别人欢迎不欢迎，讨厌不讨厌，我在台湾是要住下去的。（我也知道一定有人不欢迎我长住下去。）"可见胡先生决意来台定居，医生的意见也不能左右他，不欢迎他的人只好写写《胡适与国运》罢了。

一九六〇年七月十日胡先生在西雅图举行"中美文化合作会议"发表的一篇讲演，是很重要的文献，原文是英文的，同年七月二十一、二十二、二十三，台湾《中央日报》有中文译稿。在这篇讲演里胡先生历述中国文化之演进的大纲，结论是："我相信人道主义及理性主义的中国传统，并未被毁灭，且在所有情形下不能被毁灭！"大声疾呼，为中国文化传统作狮子吼，在座的中美听众一致起立欢呼鼓掌久久不停，情况是非常动人的。事后有一位美国学者称道这篇演讲具有"丘吉尔作风"。我觉得像这样的言论才算得是弘扬中国文化。当晚，在旅舍中胡先生取出一封复印信给我看，是当地主人华盛顿大学校长欧地嘉德先生特意复印给胡先生的。这封信是英文的，是中国人写的英文，起草的人是谁不问可知，是写给欧地嘉德的，具名连署的人不下十余人之多，其中有“委员”，有“教授”，有男有女。信的主旨大概是说：胡适是中国文化的叛徒，不能代表中国文化，此番出席会议未经合法推选程序，不能具有代表资格，特予郑重否认云云。我看过之后交还了胡先生，问他怎样处理，胡先生微笑着说：“不要理他！”我不禁想起《胡适与国运》。

胡先生在师大讲演中国文学的变迁，弹的还是他的老调。我给他录了音，音带藏师大文学院英语系。他在讲词中提到律诗及平剧，斥为“下流”。听众中喜爱律诗及平剧的人士大为惊愕，当时面面相觑，事后议论纷纷。我告诉他们这是胡先生数十年一贯的看法，可惊的是他几十年后一点也没有改变。中国律诗的艺术之美，平剧的韵味，都与胡先生始终无缘。八股、小脚、鸦片，是胡先生所最深恶痛绝的，我们可以理解。律诗与平剧似乎应该属于另一范畴。

胡先生对于禅宗的历史下过很多工夫，颇有心得，但是对于禅宗本身那一套奥义并无好感。有一次朋友宴会饭后要大家题字，我偶然地写了“无门关”的一偈，胡先生看了很吃一惊，因此谈起禅宗，我提到日本铃木大拙所写的几部书，胡先生正色说：“那是骗人的，你不可信他。”

—— 怀念胡适先生 ——

人品、才学都令人钦佩

胡先生长我十一岁，所以我从未说过“我的朋友胡适之”，我提起他的时候必称先生，晤面的时候亦必称先生，但并不完全是由于年龄的差异。

胡先生早年有一部《留学日记》，后来改名为《藏晖室日记》，内容很大一部分是他的读书札记，以及他的评论。小部分是他私人生活，以及友朋交游的记载。我读过他的日记之后，深感自愧弗如，我在他的那个年龄，还不知道读书的重要，而且思想也尚未成熟。如果我当年也写过一部留学日记，其内容的贫乏与幼稚是可以想见的。所以，以学识的丰俭，见解的深浅而论，胡先生不只是长我十一岁，可以说长我二十一岁、三十一岁，以至四十一岁。

胡先生有写日记的习惯。《留学日记》只是个开端，以后的日记更精彩。先生住在上海极斯菲尔路的时候，有一天我和徐志摩、罗努生去看他，胡太太说："适之现在有客，你们先到他书房去等一下。"志摩领头上楼进入他的书房。书房不大，是楼上亭子间，约三四坪，容不下我们三个人坐，于是我们就站在他的书架前面东看看西看看。志摩大叫一声："快来看，我发现了胡大哥的日记！"书架的下层有一尺多高的一沓稿纸，新月的稿纸。（这稿纸是胡先生自己定制的，一张十行，行二十五字，边宽格大，胡先生说这样的稿纸比较经济，写错了就撕掉也不可惜。后来这样的稿纸就在新月书店公开发售，有宣纸毛边两种。我认为很合用，直到如今我仍然使用仿制的这样的稿纸。）胡先生的日记是用毛笔写的，至少我看到的这一部分是毛笔写的，他写得相当工整，他从不写行草，总是一笔一捺的规规矩矩。最令我们惊异的是，除了私人记事之外，他每天剪贴报纸，包括各种新闻在内，因此篇幅多得惊人，兼具时事资料的汇集，这是他的日记一大特色，可说是空前的。酬酢宴席之中的座客一一列举，偶尔也有我们的名字在内，努生就笑着说："得附骥尾，亦可以不朽矣！"我们匆匆看了几页，胡先生已冲上楼来，他笑容满面地说："你们怎可偷看我的日记？"随后他严肃地告诉我们："我生平不置资产，这一部日记将是我留给我的儿子们唯一的遗赠，当然是要在若干年后才能发表。"

我自偷看了胡先生的日记以后，就常常记挂，不知何年何月这部日记才得面世。胡先生回台定居，我为了洽商重印《胡适文存》到南港去看他。我就问起这么多年日记是否仍在继续写。他说并未间断，只是未能继续使用毛笔，也没有稿纸可用，所以改用洋纸本了，同时内容亦不如从前之详尽，但是每年总有一本，现已积得一箱。胡先生原拟那一箱日记就留在美国，胡太太搬运行李时误把一箱日记也带来台湾。胡先生故后，胡先生的一些朋友曾有一次会谈，对于这一箱日记很感难于处理，听说后来又运到美国，详情我不知道。我现在只希望这一部日记能在妥人照料之中，将来在适当的时候全部影印出来，而没有任何窜改增删。

胡先生在学术方面有很大部分精力用在《水经注》的研究上。在北平时他曾经打开他的书橱，向我展示其中用硬纸夹夹着的稿子，凡数十夹，都是《水经注》研究。他很得意地向我指指点点，这是赵一清的说法，这是全祖望的说法，最后是他自己的说法，说得头头是道。

我对《水经注》没有兴趣，更无研究，听了胡先生的话，觉得他真是用功读书肯用思想。我乘间向他提起："先生青年写《庐山游记》，考证一个和尚的墓碑，写了八千多字，登在《新月》上，还另印成一个小册，引起常燕生先生一篇批评，他说先生近于玩物丧志，如今这样地研究《水经注》，是否值得？"胡先生说："不然。我是提示一个治学的方法。前人著书立说，我们应该是者是之，非者非之，冤枉者为之辩诬，作伪者为之揭露。我花了这么多力气，如果能为后人指示一个做学问的方法，不算是白费。"胡先生引用佛书上常用的一句话"功不唐捐"，没有工夫是白费的。我私下里想，工夫固然不算白费，但是像胡先生这样一个人，用这么多工夫，做这样的工作，对于预期可能得到的效果，是否成比例，似不无疑问，不止我一个人有这样的想法。一九五九年十二月二十七日《中央日报》副刊登了一首康华先生的诗，题目是《南港，午夜不能成寐，有怀胡适之先生》，我抄在下面：

你静悄悄地躲在南港，
不知道这几天是何模样。
莫非还在东找西翻，
为了那个一百二十岁的和尚？

听说你最近有过去处，
又在埋头搞那《水经注》。
为何不踏上新的征途，
尽走偏僻的老路？

自然这一切却也难怪，
这是你的兴趣所在。
何况一字一句校勘出来，
其乐也甚于掘得一堆金块。

并且你也有很多的道理，

更可举出很多的事例。

总之何足惊奇！

这便是科学的方法和精神所寄。

不过这究竟是个太空时代，

人家已经射了一个司普尼克，

希望你领着我们赶上前来，

在这一方面做几个大胆的假设！

我午夜枕上思前想后，

牵挂着南港的气候。

当心西伯利亚和隔海的寒流，

会向着我们这边渗透！

一九五九年十二月十九日

这首诗的意思很好，写得也宛转敦厚，尤其是胡适之式的白话诗体，最能打动胡先生的心。他初不知此诗作者为谁，但是他后来想到康是健康的康，华是中华的华，他也就猜中了。他写了这样一封信给此诗作者（后亦刊于中副）：

××兄：

近来才知道老兄有“康华”的笔名，所以我特别写封短信，向你道谢赠诗的厚意。我原想做一首诗答“康华”先生，等诗成了，再写信；可惜我多年不做诗了，至今还没有写成，所以先写信道谢。诗若写成，一定先寄给老兄。

你的诗猜中了！在你做诗的前几天，我“还在东找西翻，为了那个一百二十岁的和尚”写了一篇《三勘虚云和尚年谱》的笔记，被陈汉光先生在台湾风物上发表了。原意是写给老兄转给“康华”诗人看的，现在只好把印本寄呈了。

老兄此诗写得很好，我第一天见了就剪下来粘在日记里，自记云：“康华不知是谁？这诗很明白流畅，很可读。”

我在民国十八年一月曾拟《中国科学社的社歌》，其中第三节的意思颇像大作的第三节。今将剪报一纸寄给老兄，请指正。

敬祝

新年百福

弟适上

一九六〇 一、四

附：

《尝试》集外诗：拟中国科学社的社歌

我们不崇拜自然，
他是个刁钻古怪。
我们要捶他、煮他，
要使他听我们指派。

我们叫电气推车，
我们叫以太送信，——
把自然的秘密揭开，
好叫他来服侍我们人。

我们唱天行有常，
我们唱致知穷理。
不怕他真理无穷，
进一寸有一寸的欢喜。

胡先生的思想好像到了晚年就停滞不进。考证《虚云和尚年谱》，研究《水经注》，自有其价值，但不是我们所期望于胡先生的领导群众的大事业。于此我有一点解释。一个人在一生中有限的岁月里，能做的事究竟不多。真富有创造性或革命性的大事，除了领导者本身才学经验之外，还有时代环境的影响，交相激荡，乃能触机而发，震烁古今。少数人登高一呼，多数人闻风景从。胡先生领导白话文运动，倡导思想自由，弘扬人权思想，均应作如是观。所以我们对于一个曾居于领导地位的人不可期望过奢。胡先生常说“但开风气不为师”。开风气的事，一生能做几次？

胡先生的人品，比他的才学，更令人钦佩。前总统蒋先生在南港胡墓横题四个大字“德学俱隆”是十分恰当的。

胡先生名满天下，但是他实在并不好名。有一年胡先生和马君武、丁在君、罗努生做桂林之游，所至之处，辄为人包围。胡先生说：“他们是来看猴子！”胡先生说他实在是为名所累。

胡先生的婚姻常是许多人谈论的题目，其实这是他的私事，不干他人。他结婚的经过，在他《四十自述》里已经说得明白。他重视母命，这是伟大的孝道，他重视一个女子的毕生幸福，这是伟大的仁心。幸福的婚姻，条件很多，而且有时候不是外人所能充分理解的。没有人的婚姻是没有瑕疵的，夫妻牉合，相与容忍，这婚姻便可维持于长久。“五四”以来，社会上有很多知名之士，视糟糠如敝屣，而胡先生没有走上这条路。我们敬佩他的为人，至于许许多多琐琐碎碎的捕风捉影之谈，我们不敢轻信。

大凡真有才学的人，对于高官厚禄可以无动于衷，而对于后起才俊则无不奖爱有加。梁任公先生如此，胡先生亦如此。他住在米粮库的那段期间，每逢星期日“家庭开放”，来者不拒，经常是高朋满座，包括许多慕名而来的后生。这表示他不仅好客，而且于旧雨今雨之外还隐隐然要接纳一般后起之秀。有人喜欢写长篇大论的信给他，向他请益，果有一长可取，他必认真作答，所以现在有很多人藏有他的书札。他借频繁的通信认识了一些年轻人。

大约二十年前，由台湾到美国去留学进修是相当困难的事，至少在签证的时候两千美元存款的保证就很难筹措。胡先生有一笔款，前后贷给一些青年助其出国，言明希望日后归还，以便继续供应他人。有人问他为什么要这样做，他说：“这是获利最多的一种投资。你想，以有限的一点点的钱，帮个小忙，把一位有前途的青年送到国外进修，一旦所学有成，其贡献无法计量，岂不是最划得来的投资？”他这样做，没有一点私心，我且举一例。师范大学有一位理工方面的助教，学业成绩异常优秀，得到了美国某大学的全份奖学金，就是欠缺签证保证，无法成行。理学院长陈可忠先生、校长刘白如先生对我谈起，我就建议由我们三个联名求助于胡先生。就凭我们这一封信，胡先生慨然允诺，他回信说：

可忠 白如 实秋 三兄：

示悉。×××君事，理应帮忙，今寄上 Cashier's check 一张，可交×××君保存。签证时此款即可生效。将来他到了学校，可将此款由当地银行取出，存入他自己名下，便中用他自己的支票寄还我。

匆匆敬祝

大安

弟适之

一九五五 六、十五

像这样近于仗义疏财的事他做了多少次，我不知道。我相信，受过他这样提携的人会永久感念他的恩德。

胡先生喜欢谈谈政治，但是无意仕进。他最多不过提倡人权，为困苦的平民抱不平。他讲人权的时候，许多人还讥笑他，说他是十八世纪的思想，说他讲的是崇拜天赋人权的陈腐思想。人权的想法是和各种形式的独裁政治格格不入的。在这一点上，胡先生的思想没有落伍，依然是站在时代的前端。他不反对学者从政，他认为好人不出来从政，政治如何能够清明？所以他的一些朋友走入政界，他还鼓励他们，只是他自己不肯踏上仕途。行宪开始之前，蒋先生推荐他做第一任的总统，他都不肯做。他自己知道他不是做政治家的材料。我记得有些人士想推他领导一个政治运动，他谦逊不遑地说："我不能做实际政治活动。我告诉你，我从小是生长于妇人之手。"这句话是什么意思？生长于妇人之手，是否暗示养成"妇人之仁"的态度？是否指自己胆小，不够心狠手辣？当时看他说话的态度十分严肃，大家没好追问下去。

抗战军兴，国家民族到了最后关头，他奉派为驻美大使。他接受了这个使命。政府有知人之明，他有临危受命的勇气。没有人比他更适合于这个工作，而在他是不得已而为之。数年任内，仆仆风尘，做了几百次讲演，心力交瘁。大使有一笔特支费，是不需报销的。胡先生从未动用过一文，原封缴还国库，他说："旅行演讲有出差交通费可领，站在台上说话不需要钱，特支何为？"像他这样廉洁，并不多，以我所知，罗文干先生做外交部部长便是一个不要特支费的官员。此种事鲜为外人所知，即使有人传述，亦很少有人表示充分的敬意，太可怪了。

我认识胡先生很晚，亲炙之日不多，顶多不过十年，而且交往不密，连师友之间的关系都说不上，所以我没有资格传述先生盛德于万一。不过在我的生活回忆之中也有几件有关系的事值得一提。

一桩事是关于莎士比亚的翻译。我从未想过翻译莎士比亚，觉得那是非常艰巨的事，应该让有能力的人去做。我在清华读书的时候，读过《哈姆雷特》《朱利阿斯·西撒》等几个戏，巢堃林教授教我们读魁勒·考赤的《莎士比亚历史剧本事》，在美国读书的时候上过哈佛的吉退之教授的课，他教我们读了《麦克白》与《亨利四世·上篇》，同时看过几部莎氏剧的上演。我对莎士比亚的认识仅此而已。翻译四十本莎氏全集是想都不敢想的事。民国十九年底，胡先生开始任事于中华教育文化基金董事会（即美国庚款委员会）的翻译委员会，他一向热心于翻译事业，现在有了基金会支持，他就想规模地进行。约五年之内出版了不少作品，包括关琪桐先生译的好几本哲学书，如培根的《新工具》等，罗念先生译的希腊戏剧数种，张谷若先生译的哈代小说数种，陈绵先生译的法国戏剧数种，还有我译的莎士比亚数种。如果不是日寇发动侵略，这个有计划而且认真的翻译工作会顺利展开，可惜抗战一起，这个工作暂时由张子高先生负责了一个简略时期之后便停止了。

胡先生领导莎士比亚翻译工作的经过，我毋庸细说，我在这里公开胡先生的几封信，可以窥见胡先生当初如何热心发动这个工作。原拟五个人担任翻译，闻一多、徐志摩、叶公超、陈西滢和我，期以五年十年完成，经费暂定为五万元。我立刻就动手翻译，拟一年交稿两部。没想到另外四位始终没有动手，于是这工作就落在我一个人头上了。在抗战开始时我完成了八部，四部悲剧四部喜剧，抗战期间又完成了一部历史剧，以后拖拖拉拉三十年终于全集译成。胡先生不是不关心我的翻译，他曾说在全集译成之时他要举行一个盛大酒会，可惜全集译成开了酒会之时他已逝世了。有一次他从台北乘飞机到美国去开会，临行前他准备带几本书在飞行中阅读。那时候我译的《亨利四世·下篇》刚好由明华书局出版不久，他就选了这本书作为他的空中读物的一部分。他说："我要看看你的译本能不能令我一口气读下去。"胡先生是最讲究文字清楚明白的，我的译文是否够清楚明白，我不敢说，因为莎士比亚的文字有时候也够艰涩的。以后我没得机会就这件事向胡先生请教。

领导我、鼓励我、支持我，使我能于断断续续三十年间完成莎士比亚全集的翻译者，有三个人：胡先生、我的父亲、我的妻子。

另一桩事是胡先生于民国二十三年约我到北京大学去担任研究教授兼外文系主任。北大除了教授名义之外，还有所谓名誉教授与研究教授的名义，名誉教授是对某些资深教授的礼遇，固无论矣，所谓研究教授则是胡先生的创意，他想借基金会资助吸收一些比较年轻的人到北大，作为生力军，新血轮，待遇比一般教授高出四分之一，授课时数亦相当减少。原有的教授之中也有一些被聘为研究教授的。我在青岛教书，已有四年，原无意他往，青岛山明水秀，民风淳朴，是最宜于长久居住的地方。承胡先生不弃，邀我去北大，同时我的父母也不愿我久在外地，希望我回北平住在一起。离青岛去北平，弃小家庭就大家庭，在我是一个很重大的决定，然而我毕竟去了。只是胡先生对我的期望过高，短期间内能否不负所望实在没有把握。我现在披露胡先生的几封信札，我的用意在说明胡先生主北大文学院时的一番抱负。胡先生的做法不是没有受到讥诮，我记得那一年共阅入学试卷的时候，就有一位年龄与我相若的先生故意地当众高声说："我这个教授是既不名誉亦不研究！"大有愤愤不平之意。

胡先生，和其他的伟大人物一样，平易近人。"温而厉"是最好的形容。我从未见过他大发雷霆或是盛气凌人，他对待年轻人、属下、仆人，永远是一副笑容可掬的样子。就是遭遇到挫折侮辱的时候，他也不失其常。"其心休休然，其如有容。"

一九六〇年七月美国华盛顿大学得福德基金会之资助在西雅图召开中美学术合作会议，中国方面出席的人除胡先生外还有钱思亮、毛子水、徐道邻、李先闻、彭明敏和我以及其他几个人。最后一次集会之后，胡先生私下里掏出一张影印的信件给我看。信是英文（中国式的英文）写的，由七八个人署名，包括立法委员、大学教授、专科校长，是写给华盛顿大学校长欧地嘉德的，内容大致说胡适等人非经学术团体推选，亦未经合法委派，不足以代表我国，而且胡适思想与我国传统文化大相刺谬，更不足以言我国文化云云。我问胡先生如何应付，他说：“给你看看，不要理他。”我觉得最有讽刺性的一件事是，胡先生在台北起行前之预备会中，经公推发表一篇开幕演讲词，胡先生谦逊不遑，他说不知说什么好，请大家提供意见，大家默然。我当时想起胡先生平素常说他自己不知是专攻哪一门，勉强地说可以算是研究历史的。于是我就建议胡先生就中国文化传统做一概述，再阐说其未来。胡先生居然首肯。在正式会议上发表一篇极为精彩的演说。原文是英文，但是一九六〇年七月二十一日在《中央日报》有中文翻译，连载三天。题目就是《中国之传统与将来》。译文是胡先生的手笔，抑是由别人翻译，我不知道。此文在教育资料馆《教育文摘》第五卷第七八号《东西文化交流》专辑又转载过一次。恐怕看过的人未必很多。此文也可以说是胡先生晚年自撰全部思想的一篇概述。他对中国文化传统有客观的叙述，对中国文化之未来有乐观的展望。无论如何，不能说胡先生是中国传统的叛徒。

在上海的时候，胡先生编了一本《宋人评话》，亚东出版，好像是六种，其中一种述说海陵王荒淫无道，当然涉及猥亵的描写，不知怎样的就被巡捕房没收了。胡先生很不服气，认为评话是我国小说史中很重要的一环，历代重要典藏均有著录，而且文学作品涉及性的叙说也是寻常事，中外皆然，不足为病。因而他去请教律师郑天锡先生，郑先生说：“没收是不合法的，如果刊行此书犯法，先要追究犯法的人，处以应得之罪，然后才能没收书刊，没收是附带的处分。不过你若是控告巡捕房，恐怕是不得直的。”于是胡先生也就没有抗辩。

有一天我们在胡先生家里聚餐，徐志摩像一阵旋风似的冲了进来，抱着一本精装的厚厚的大书。是德文的色情书，图文并茂。大家争着看，胡先生说：“这种东西，包括改七芗仇十洲的画在内，都一览无遗，不够趣味。我看过一张画，不记得是谁的手笔，一张床，垂下了芙蓉帐，地上一双男鞋，一双红绣鞋，床前一只猫蹲着抬头看帐钩，还算有一点含蓄。”大家听了为之粲然。我提起这桩小事，说明胡先生尽管是圣人，也有他的轻松活泼的一面。

老舍的才华是多方面的，而且有个性

我最初读老舍的《赵子曰》《老张的哲学》《二马》，未识其人，只觉得他以纯粹的北平土语写小说颇为别致。北平土语，像其他主要地区的土语一样，内容很丰富，有的是俏皮话儿、歇后语、精到出色的明喻暗譬，还有许多有声无字的词字。如果运用得当，北平土话可说是非常地生动有趣；如果使用起来不加检点，当然也可能变成为油腔滑调的“耍贫嘴”。以土话入小说本是小说家常用的一种技巧，可使对话格外显得活泼，可使人物性格显得真实突出。若是一部小说从头到尾，不分对话叙述或描写，一律使用土话，则自《海上花》一类的小说以后并不多见。我之所以注意老舍的小说者盖在于此。胡适先生对于老舍的作品评价不高，他以为老舍的幽默是勉强造作的。但一般人觉得老舍的作品是可以接受的，甚至颇表欢迎。

抗战后，老舍有一段期间住在北碚，我们时相过从。他又黑又瘦，甚为憔悴，平常总是伛偻着腰，迈着四方步，说话的声音低沉、徐缓，但是有风趣。他和老向住在一起，生活当然是很清苦的。在名义上他是中国文艺界抗敌协会的负责人，事实上这个组织的分子很复杂，有不少野心分子企图从中操纵把持。老舍对待谁都是一样的和蔼亲切，存心厚道，所以他的人缘好。

有一次北碚各机关团体以国立编译馆为首发起募款劳军晚会，一连两晚，盛况空前，把北碚儿童福利试验区的大礼堂挤得水泄不通。国立礼乐馆的张充和女士多才多艺，由我出面邀请，会同编译馆的姜作栋先生（名伶钱金福的弟子），合演一出《刺虎》，唱作之佳至今令人不能忘。在这一出戏之前，垫一段对口相声。这是老舍自告奋勇的，蒙他选中了我做搭档，头一晚他“逗哏”我“捧哏”，第二晚我逗他捧，事实上挂头牌的当然应该是他。他对相声特有研究。在北平长大的谁没有听过焦德海、草上飞？但是能把相声全本大套地背诵下来则并非易事。如果我不答应上台，他即不肯露演，我为了劳军只好勉强同意。老舍嘱咐我说：“说相声第一要沉得住气，放出一副冷面孔，永远不许笑，而且要控制住观众的注意力，用干净利落的口齿在说到紧要处使出全副气力斩钉断铁一般迸出一句俏皮话，则全场必定爆出一片彩声哄堂大笑，用句术语来说，这叫作‘皮儿薄’，言其一戳即破。”我听了之后连连辞谢说：“我办不了，我的皮儿不薄。”他说：“不要紧，咱们练着瞧。”于是他把词儿写出来，一段是《新洪羊洞》，一段是《一家六口》，这都是老相声，谁都听过。相声这玩意儿不嫌其老，越是经过千锤百炼的玩意儿越惹人喜欢，借着演员的技艺风度之各有千秋而永远保持新鲜的滋味。相声里面的粗俗玩笑，例如“爸爸”二字刚一出口，对方就得赶快顺口搭腔地说声“啊”，似乎太无聊，但是老舍坚持不能删免，据他看相声已到了至善至美的境界，不可稍有损益。是我坚决要求，他才同意在用折扇敲头的时候只要略为比画而无须真打。我们认真地排练了好多次。到了上演的那一天，我们走到台的前边，泥雕木塑一般绷着脸肃立片刻，观众已经笑不可抑，以后几乎只能在阵阵笑声之间的空隙进行对话。该用折扇敲头的时候，老舍不知是一时激动忘形，还是有意违反诺言，抡起大折扇狠狠地向我打来，我看来势不善，向后一闪，折扇正好打落了我的眼镜，说时迟，那时快，我手掌向上两手平伸，正好托住那落下来的眼镜，我保持那个姿势不动，彩声历久不绝，有人以为这是一手绝活儿，还高呼：“再来一回！”

老舍的才华是多方面的，长短篇的小说、散文、戏剧、白话诗，无一不能，无一不精。而且他有他的个性，绝不俯仰随人。我现在捡出一封老舍给我的信，是他离开北碚之后写的，那时候他的夫人已自北平赶来四川，但是他的生活更陷于苦闷。他患有胃下垂的毛病，割盲肠的时候用一小时余还寻不到盲肠，后来在腹部的左边找到了。这封信附有七律五首，由此我们也可窥见他当时的心情的又一面。

前几年王敬羲从香港剪写老舍短文一篇，可惜未注明写作或发表的时间及地点，题为《春来忆广州》，看他行文的气质，已由绚烂趋于平淡，但是有一缕惆怅悲哀的情绪流露在字里行间。听说他去年已做了九泉之客，又有人说他尚在人间。是耶非耶，其孰能辨之？兹将这一小文附录于后：

春来忆广州

我爱花。因气候、水土等关系，在北京养花，颇为不易。冬天冷，院里无法摆花，只好都搬到屋里来。每到冬季，我的屋里总是花比人多，形势逼人！屋中养花，有如笼中养鸟，即使用心调护，也养不出个样子来。除非特建花室，实在无法解决问题。我的小院里，又无隙地可建花室！

一看到屋中那些半病的花草，我就立刻想起美丽的广州来。去年春节后，我不是到广州住了一个月吗？哎呀，真是了不起的好地方！人极热情，花似乎也热情！大街小巷，院里墙头，百花齐放，欢迎客人，真是“交友看花在广州”啊！

在广州，对着我的屋门便是一株象牙红，高与楼齐，盛开着一丛红艳夺目的花儿，而且经常有很小的小鸟，钻进那朱红的小“象牙”里，如蜂采蜜。真美！只要一有空儿，我便坐在阶前，看那些花与小鸟。在家里，我也有一棵象牙红，可是高不及三尺，而且是种在盆子里。它入秋即放假休息，入冬便睡大觉，且久久不醒，直到端阳左右，它才开几朵先天不足的小花，绝对没有那种秀气的小鸟做伴！

现在，它正在屋角打盹，也许跟我一样，正想念它的故乡广东吧？

春天到来，我的花草还是不易安排：早些移出去吧，怕风霜侵犯；不搬出去吧，又都发出细条嫩叶，很不健康。这种细条子不会长出花来。看着真令人焦心！

好容易盼到夏天，花盆都运至院中，可还不完全顺利。院小，不透风，许多花儿便生了病。特别由南方来的那些，如白玉兰、栀子、茉莉、小金橘、茶花……也不知怎么就叶落枝枯，悄悄死去。因此，我打定主意，在买来这些比较娇贵的花儿之时，就认为它们不能长寿，尽到我的心，而又不做幻想，以免枯死的时候落泪伤神。同时，也多种些叫它死也不肯死的花草，如夹竹桃之类，以期老有些花儿看。

夏天，北京的阳光过暴，而且不下雨则已，一下就是倾盆倒海而来，势不可挡，也不利于花草的生长。

秋天较好，可是忽然一阵冷风，无法预防，娇嫩些的花儿就受了重伤。于是，全家动员，七手八脚，往屋里搬呀，各屋里都挤满了花盆，人们出来进去都须留神，以免绊倒！

真羡慕广州的朋友们，院里院外，四季有花，而且是多么出色的花呀！白玉兰高达数丈，干子比我的腰还粗！英雄气概的木棉，昂首天外，开满大红花，何等气势！就连普通的花儿，四季海棠与绣球什么的，也特别壮实，叶茂花繁，花小而气魄不小！看，在冬天，窗外还有结实累累的木瓜呀！真没法儿比！一想起花木，也就更想念朋友们！

—— 忆周作人先生 ——

一位高雅的与世无争的读书人

周作人先生住北平西城八道湾，看这个地名就可以知道那是怎样的一个弯弯曲曲的小胡同。但是在这个陋巷里却住着一位高雅的与世无争的读书人。

我在清华读书的时候，代表清华文学社会见他，邀他到清华演讲。那个时代，一个年轻学生可以不经介绍径自拜访一位学者，并且邀他演讲，而且毫无报酬，好像不算是失礼的事。如今手续似乎更简便了，往往是一通电话便可以邀请一位素未谋面的人去讲演什么的。我当年就是这样冒冒失失地慕名拜访。转弯抹角地找到了周先生的寓所，是一所坐北朝南的两进的平房，正值雨后，前院积了一大汪子水，我被引进去，沿着南房檐下的石阶走进南屋。地上铺着凉席。屋里已有两人在谈话，一位是留了一撮小胡子的鲁迅先生，另一位年轻人是写小诗的何植三先生。鲁迅先生和我招呼之后就说："你是找我弟弟的，请里院坐吧。"

里院正房三间，两间是藏书用的，大概有十个八个木书架，都摆满了书，有竖立的西书，有平放的中文书，光线相当暗。左手一间是书房，很爽亮，有一张大书桌，桌上文房四宝陈列整齐，竟不像是一个人勤于写作的所在。靠墙一几两椅，算是待客的地方。上面原来挂着一个小小的横匾，“苦雨斋”三个字是沈尹默写的。斋名苦雨（后来他改斋名为“苦茶庵”了），显然和前院的积水有关，也许还有屋瓦漏水的情事。总之是十分恼人的事，可见主人的一种无奈的心情。俄而主人移步入，但见他一袭长衫，意态翛然，背微伛，目下视，面色灰白，短短的髭须满面，语声低沉到令人难以辨听的程度。一仆人送来两盏茶，日本式的小盖碗，七分满的淡淡清茶。我道明来意，他用最简单的一句话接受了我们的邀请。于是我不必等端茶送客就告辞而退，他送我一直到大门口。

从北平城里到清华，路相当远，人力车要一个多小时，但是他准时来了，高等科礼堂有两三百人听他演讲。讲题是《日本的小诗》。他特别提出所谓俳句，那是日本的一种诗体，以十七个字为一首，一首分为三段，首五字，次七字，再五字，这是正格，也有不守十七字之限者。这种短诗比我们的五言绝句还要短。由于周先生语声过低，乡音太重，听众不易了解，讲演不算成功。幸而他有讲稿，随即发表。他所举的例句都非常有趣，我至今还记得的是一首松尾芭蕉的作品，好像是“听呀，青蛙跃入古潭的声音”这样的一句，细味之颇有禅意。此种短诗对于试写新诗的人颇有影响，就和泰戈尔的散文诗一样，容易成为模拟的对象。

民国二十三年我到了北京大学，和周先生有同事三年之雅。在此期间我们来往不多，一来彼此都忙，我住东城他住西城，相隔甚远，不过我也在苦雨斋做过好几次的座上客。我很敬重他，也很爱他的淡雅的风度。我当时主编一个周刊《自由评论》，他给过我几篇文稿，我很感谢他。他曾托我介绍把他的一些存书卖给学校图书馆。我照办了。他也曾要我照拂他的儿子周丰一（在北大外文系日文组四年级），我当然也义不容辞，我在这里发表他的几封短札，文字简练，自有其独特的风格。

周先生晚节不终，宦事敌伪，以至于身系缧绁，名声扫地，是一件极为可惜的事。不过他所以出此下策，也有其远因近因可察。他有一封信给我，是在抗战前夕写的：

实秋先生：手书敬悉。近来大有闲，却也不知怎的又甚忙，所以至今未能写出文章，甚歉。看看这“非常时”的四周空气，深感到无话可说，因为这（我的话或文章）是如此的不合宜的。日前曾想写一篇关于《求己录》的小文，但假如写出来了，恐怕看了赞成的只有一个——《求己录》的著者陶葆廉吧？等写出来可以用的文章时，即当送奉，匆匆不尽。

作人启　七日夜

关于《求己录》的文章虽然他没有写，我们却可想见他对《求己录》的推崇，按，《求己录》一册一函，光绪二十六年杭州求是书院刊本，署芦泾循士著，乃秀水陶葆廉之别号。陶葆廉是两广总督陶模（子方）之子，久佐父幕，与陈三立、谭嗣同、沈雁潭合称四公子。作人先生引陶葆廉为知己，同属于不合时宜之列。他也曾写信给我提到“和日和共的狂妄主张”。是他对于抗日战争早就有了他自己的一套看法。他平素对于时局，和他哥哥鲁迅一样，一向抱有不满的态度。

作人先生有一位日籍妻子。我到苦茶庵去过几次没有拜见过她，只是隔着窗子看见过一位披着和服的妇人走过，不知是不是她。一个人的妻子，如果她能勤俭持家相夫教子而且是一个“温而正”的女人，她的丈夫一定要受到她的影响，一定爱她，一定爱屋及乌地爱与她有关的一切。周先生早年负笈东瀛，娶日女为妻，对于日本的许多方面有好的印象是可以理解的。我记得他写过一篇文章赞美日本式的那种纸壁地板蹲坑的厕所，真是匪夷所思。他有许多要好的日本朋友，更是意料中事，犹之鲁迅先生之与上海虹口的内山书店老板过从甚密。

抗战开始，周先生舍不得离开北平，也许是他自恃日人不会为难他。以我所知，他不是一个热衷仕进的人，也异于鲁迅之偏激孤愤。不过他表面上淡泊，内心里却是冷峭。他这种心情和他的身世有关。一九八二年九月二十日《联合报》万象版登了一篇《高阳谈鲁迅心头的烙痕》：

鲁迅早期的著作，如《呐喊》等，大多在描写他的那场“家难”，其中主角是他的祖父周福清，同治十年三甲第十五名进士，外放江西金溪知县。光绪四年因案被议，降级改为“教谕”。周福清不愿做清苦的教官，改捐了一个“内阁中书”，做了十几年的京官。

光绪十九年春天，周福清丁忧回绍兴原籍。这年因为下一年慈禧太后六旬万寿，举行癸巳恩科乡试，周福清受人之托，向浙江主考贿买关节，连他的儿子也就是鲁迅的父亲周用吉在内，一共是六个人，关节用“宸衷茂育”字样；另外“虚写银票洋银一万元”，一起封入信封。投信的对象原是副主考周锡恩，哪知他的仆人在苏州误投到正主考殷如璋的船上。殷如璋不知究竟，拆开一看，方知贿买关节。那时苏州府知府王仁堪在座，而殷如璋与周福清又是同年，为了避嫌疑起见，明知必是误投，亦不能不扣留来人，送官究办。周福清就这样吃上了官司。

科场舞弊，是件严重的事。但从地方到京城，都因为明年是太后六十万寿，不愿兴大狱，刑部多方开脱，将周福清从斩罪上量减一等，改为充军新疆。历久相沿的制度是，刑部拟罪得重，由御笔改轻，表示“恩出自上”；但这一回令人大出意外，御着批示：“周福清着改为斩监候，秋后处决。”

这一来，周家可就惨了。第二年太后万寿停刑，固可多活一年；但自光绪二十一年起，每年都要设法活动，将周福清的姓名列在“勾决”名册中“情实”一栏之外，才能免死。这笔花费是相当可观的；此外，周福清以“死囚”关在浙江臬司监狱中，如果希望获得较好的待遇，必须上下“打点”，非大把银子不可。周用吉的健康状况很差，不堪这样沉重的负担，很快地就去世了。鲁迅兄弟被寄养在亲戚家，每天在白眼中讨生活。十几岁的少年，由此而形成的人格，不是鲁迅的偏激负气，就是周作人的冷漠孤傲，是件不难想象的事。

鲁迅心头烙痕也正是周作人先生的心头烙痕，再加上抗战开始后北平爱国志士那一次的枪击，作人先生无法按捺他的激愤，遂失足成千古恨了。在后来国军撤离南京的前夕，蒋梦麟先生等还到监牢去探视过他，可见他虽然是罪有应得，但是他的老朋友们还是对他有相当的眷念。

一九七一年五月九日《中国时报》副刊有南宫搏先生一文《于〈知堂回想录〉而回想》，有这样的一段：

我曾写过一篇题为《先生，学生不伪！》不留余地指斥学界名人傅斯年。当时自重庆到沦陷区的接收大员，趾高气扬的不乏人，傅斯年即为其中之一。我们总以为学界的人应该和一般官吏有所不同，不料以清流自命的傅斯年在北平接收时，也有那一副可憎的面目，连“伪学生”也说得出口！——他说“伪教授”其实也可恕了。要知政府兵败，弃土地人民而退，要每一个人都亡命到后方去，那是不可能的。在敌伪统治下，为谋生而做一些事，更不能皆以汉奸目之，“饿死事小，失节事大”，说说容易，真正做起来，却并不是叫口号之易也。何况，平常做做小事而谋生，遽加汉奸帽子，在情在理，都是不合的。

南宫搏先生的话自有他的一面的道理，不过周作人先生无论如何不是“做做小事而谋生”，所以我们对于他的晚节不终只有惋惜，无法辩解。

—— 忆沈从文 ——

有修养，很孤僻，特立独行

一九六八年六月九日《中央日报》方块文章井心先生记载着：“以写作手法新颖，自成一格……的作者沈从文，不久以前，在大陆因受不了迫害而死。听说他喝过一次煤油，割过一次静脉，终于带着不屈服的灵魂而死去了。”

接着又说，“他出身行伍，而以文章闻名；自称小兵，而面目姣好如女子，说话、态度尔雅、温文……”“他写得一手娟秀的《灵飞经》……”这几句话描写得确切而生动，使我想起沈从文其人。

我现在先发表他一封信，大概是民国十九年间他在上海时候写给我的。信的内容没有什么可注意的，但是几个字写得很挺拔而俏丽。他最初以“休芸芸”的笔名向《晨报副镌》投稿时，用细尖钢笔写的稿子就非常出色，徐志摩因此到处揄扬他。后来他写《阿丽思中国游记》分期刊登《新月》，我才有机会看到他的笔迹，果然是秀劲不凡。

从文虽然笔下洋洋洒洒，却不健谈，见了人总是低着头羞答答的，说话也是细声细气。关于他“出身行伍”的事他从不多谈。他在十九年三月写过一篇《从文自序》，关于此点有清楚的交代，他说：“因为生长地方为清时屯戍重镇，绿营制度到近年尚依然存在，故于过去祖父曾入军籍，做过一次镇守使，现在兄弟及父亲皆仍在军籍中做中级军官。因地方极其偏僻，与苗民杂处聚居，教育文化皆极低落，故长于其环境中的我，幼小时显出生命的那一面，是放荡与诡诈。十二岁我曾受过关于军事的基本训练，十五岁时随军外出曾做上士。后到沅州，为一城区屠宰收税员，不久又以书记名义，随某剿匪部队在川、湘、鄂、黔四省边上过放纵野蛮约三年。因身体衰弱，年龄渐长，从各种生活中养成了默想与体会人生趣味的习惯，对于过去生活有所怀疑，渐觉有努力位置自己在一陌生事业上之必要。因这憧憬的要求，糊糊涂涂地到了北京。”这便是他早年从军经过的自白。

由于徐志摩的吹嘘，胡适之先生请他到中国公学教国文，这是一件极不寻常的事，因为一个没有正常的适当的学历资历的青年而能被人赏识于牝牡骊黄之外，是很不容易的。从文初登讲坛，怯场是意中事，据他自己说，上课之前做了充分准备，以为资料足供一小时使用而有余，不料面对黑压压一片人头，三言两语地就把要说的话都说完了，剩下许多时间非得临时编造不可，否则就要冷场，这使他颇为受窘。一位教师不善言辞，不算是太大的短处，若是没有足够的学识便难获得大家的敬服。因此之故，从文虽然不是顶会说话的人，仍不失为成功的受欢迎的教师。记问之学不足以为人师，需要有启发别人的力量才不愧为人师，在这一点上从文有他独到之处，因为他有丰富的人生经验和好学深思的性格。

在中国公学一段时间，他最大的收获大概是他的婚姻问题的解决。英语系的女生张兆和女士是一个聪明用功而且秉性端庄的小姐，她的家世很好，多才多艺的张充和女士便是她的胞姊。从文因授课的关系认识了她，而且一见钟情。凡是沉默寡言笑的人，一旦堕入情网，时常是一往情深，一发而不可收拾。从文尽管颠倒，但是没有得到对方青睐。他有一次急得想要跳楼。他本有流鼻血的毛病，几番挫折之后苍白的面孔愈发苍白了。他会写信，以纸笔代喉舌。张小姐实在被缠不过，而且师生恋爱声张开来也是令人很窘的，于是有一天她带着一大包从文写给她的信去谒见胡校长，请他做主制止这一扰人举动的发展。她指出了信中这样的一句话："我不仅爱你的灵魂，我也要你的肉体。"她认为这是侮辱。胡先生皱着眉头，板着面孔，细心听她陈述，然后绽出一丝笑容，温和地对她说："我劝你嫁给他。"张女士吃了一惊，但是禁不住胡先生诚恳的解说，居然急转直下默不作声地去了。胡先生曾自诩善于为人作伐，从文的婚事得谐便是他常常乐道的一例。

在青岛大学从文教国文，大约一年多就随杨振声（今甫）先生离开青岛到北平居住。今甫到了夏季就搬到颐和园赁屋消暑，和他做伴的是一位干女儿，他自称过的是帝王生活，优哉游哉地享受那园中的风光湖色。此时从文给今甫做帮手，编中学国文教科书，所以也常常在颐和园出出进进。书编得很精彩，偏重于趣味，可惜不久抗战军兴，书甫编竣，已不合时代需要，故从未印行。

从文一方面很有修养，一方面也很孤僻，不失为一个特立独行之士。像这样不肯随波逐流的人，如何能不做了时代的牺牲？他的作品有四十几种，可谓多产，文笔略带欧化语气，大约是受了阅读翻译文学作品的影响。

此文写过，又不敢相信报纸的消息，故未发表。读聂华苓女士作《沈从文评传》（英文本，一九七二年纽约Twayne Publishers出版），果然好像从文尚在人间。人的生死可以随便传来传去，真是人间何世！

一九七三年六月二十日西雅图

—— 忆冰心 ——

胸襟高超，感觉敏锐，性情细腻

顾一樵先生来，告诉我冰心和老舍先后去世。我将信将疑。冰心今年六十九岁，已近古稀，在如今那样的环境里传出死讯，无可惊异。读《清华学报》新七卷第一期（一九六八年八月刊），施友忠先生有《中共文学中之讽刺作品》一文，里面提到冰心，但是没有说她已经去世。最近谢冰莹先生在《作品》第二期（一九六八年十一月）里有《哀冰心》一文，则明言“冰心和她的丈夫吴文藻双双服毒自杀了”。看样子，她是真死了。她在日本的时候写信给赵清阁女士说：“将来必有一天我死了都没有人哭。”似是一语成谶！可是“双双服毒”，此情此景，能不令远方的人一洒同情之泪?

初识冰心的人都觉得她不是一个令人容易亲近的人，冷冷的好像要拒人于千里之外。她的《繁星》《春水》发表在《晨报副刊》的时候，风靡一时，我的朋友中如时昭瀛先生便是最为倾倒的一个。他逐日剪报，后来精裱成一长卷，在美国和冰心相遇的时候恭恭敬敬地献给了她。我在《创造周报》第十二期（民国十二年七月廿九日，即一九二三年七月廿九日）写过一篇《〈繁星〉与〈春水〉》，我的批评是很保守的，我觉得那些小诗里理智多于情感，作者不是一个热情奔放的诗人，只是泰戈尔小诗影响下的一个冷隽的说理者。就在这篇批评发表后不久，于赴美途中在“杰克孙总统号”的甲板上不期而遇。经许地山先生介绍，寒暄一阵之后，我问她：“您到美国修习什么？”她说：“文学。”她问我：“您修习什么？”我说：“文学批评。”话就谈不下去了。

在海船上摇晃了十几天，许地山、顾一樵、冰心和我都不晕船，我们兴致勃勃地办了一份文学性质的壁报，张贴在客舱入口处，后来我们选了十四篇送给《小说月报》，发表在第十一期（民国十二年十一月十日，即一九二三年十一月十日），作为一个专辑，就用原来壁报的名称《海啸》。其中有冰心的诗三首：《乡愁》《惆怅》《纸船》。

民国十三年秋我到了哈佛，冰心在威尔斯莱女子学院，同属于波士顿地区，相距约一个多小时火车的路程。遇有假期，我们几个朋友常去访问冰心，邀她泛舟于慰冰湖。冰心也常乘星期日之暇到波士顿来做杏花楼的座上客。我逐渐觉得她不是恃才傲物的人，不过对人有几分矜持，至于她的胸襟之高超，感觉之敏锐，性情之细腻，均非一般人所可企及。

民国十四年三月二十八日，波士顿一带的中国学生在“美国剧院”公演《琵琶记》，剧本是顾一樵改写的，由我译成英文。我饰蔡中郎，冰心饰宰相之女，谢文秋女士饰赵五娘。逢场作戏，不免谑浪。后谢文秋与同学朱世明先生订婚，冰心就调侃我说：“朱门一入深似海，从此秋郎是路人。”“秋郎”二字来历在此。

冰心喜欢海，她父亲是海军中人，她从小曾在烟台随侍过一段期间，所以和浩瀚的海洋结下不解缘，不过在她的作品里嗅不出梅思斐尔的“海洋热”。她憧憬的不是骇浪滔天的海水，不是浪迹天涯的海员生涯，而是在海滨沙滩上拾贝壳，在静静的海上看冰轮乍涌。我民国十九年到青岛，一住四年，几乎天天与海为邻，几次三番地写信给她，从没有忘记提到海，告诉她我怎样陪同太太带着孩子到海边捉螃蟹，掘沙土，捡水母，听灯塔呜呜叫，看海船冒烟在天边逝去，我的意思是逗她到青岛来。她也很想来过一个暑季，她来信说：“我们打算住两个月，而且因为我不能起来的缘故，最好是海涛近接于几席之下。文藻想和你们逛山散步，泅水，我则可以倚枕倾聆你们的言论。……我近来好多了，医生许我坐火车，大概总是有进步。”但是她终于不果来，倒是文藻因赴邹平开会之便到舍下盘桓了三五天。

冰心健康情形一向不好，说话的声音不能大，甚至是有上气无下气的。她一到了美国不久就呕血，那著名的《寄小读者》大部分是在医院床上写的。以后她一直时发时愈，缠绵病榻。有人以为她患肺病，那是不确的。她给赵清阁的信上说："肺病绝不可能。"给我的信早就说得更明白："为慎重起见，遵协和医嘱重行检验一次，X光线，取血，闹了一天，据说我的肺倒没毛病，是血管太脆。"她呕血是周期性的，有时事前可以预知，她多么想看青岛的海，但是不能来，只好叹息："我无有言说，天实为之！"她的病严重地影响了她的创作生涯，甚至比照管家庭更妨碍她的写作，实在是太可惋惜的事。抗战时她先是在昆明，我写信给她，为了一句戏言，她回信说："你问我除生病之外，所做何事。像我这样不事生产，当然使知友不满之意溢于言外。其实我到呈贡之后，只病过一次，日常生活都在跑山望水，柴米油盐，看孩子中度过……"在抗战期中做一个尽职的主妇真是谈何容易，冰心以病躯肩此重任，是很难为她了。她后来迁至四川的歌乐山居住，我去看她，她一定要我试一试他们睡的那一张弹簧床。我躺上去一试，真软，像棉花团，文藻告诉我他们从北平出来什么也没带，就带了这一张庞大笨重的床，从北平搬到昆明，从昆明搬到歌乐山，没有这样的床她睡不着觉！

歌乐山在重庆附近算是风景很优美的一个地方。冰心的居处在一个小小的山头上，房子也可以说是洋房，不过墙是土砌的，窗户很小很少，里面黑黝黝的，而且很潮湿。倒是门外有几十棵不大不小的松树，秋声萧瑟，瘦影参差，还值得令人留恋。一般人以为冰心养尊处优，以我所知，她在抗战期间并不宽裕，歌乐山的寓处也是借住的。

抗战胜利后，文藻任职我国驻日军事代表团，这一段时间才是她一生享受最多的，日本的园林之胜是她所最为爱好的，日常的生活起居也由当地政府照料得无微不至。下面是她到东京后两年写给我的一封信：

实秋：

九月廿六信收到。昭涵到东京，待了五天，我托他把那部日本版杜诗带回给你（我买来已有一年了），到临走时他也忘了，再寻便人罢。你要吴清源和本因坊的棋谱，我已托人收集，当陆续奉寄。清阁在北平（此信给她看看），你们又可以热闹一下。我们这里倒是很热闹，甘地所最恨的鸡尾酒会，这里常有！也累，也最不累，因为你可以完全不用脑筋说话，但这里也常会从万人如海之中飘闪出一两个“惊才绝艳”，因为过往的太多了，各国的全有，淘金似的，会浮上点金沙。除此之外，大多数是职业外交人员，职业军人，浮嚣的新闻记者，言语无味，面目可憎。在东京两年，倒是一种经验，在生命中算是很有趣的一段。文藻照应忙，孩子们照应，身体倒都不错，我也好。宗生不常到你处罢？他说高三功课忙得很，明年他想考清华，谁知道明年又怎么样？北平人心如何？看报仿佛不大好。东京下了一场秋雨，冷得美国人都披上皮大衣，今天又放了晴，天空蓝得像北平，真是想家得很！你们吃炒栗子没有？

请嫂夫人安

冰心　十、十二

一九四九年六月我来到台湾，接到冰心、文藻的信，信中说他们很高兴听到我来台的消息，但是一再叮咛要我立刻办理手续前往日本。风雨飘摇之际，这份友情当然可感，但是我没有去。此后就消息断绝。不知究竟是什么原因，他们回到了大陆，从此悲剧就注定了。“无有言说，天实为之！”

附录：

冰心致作者的信之一

实秋：

前得来书，一切满意，为慎重起见，遵医（协和）嘱重行检查一次，X光线，取血，闹了一天，据说我的肺倒没毛病，是血管太脆。现在仍须静养，年底才能渐渐照常，长途火车，绝对禁止，于是又是一次幻象之消灭！

我无有言说，天实为之！我只有感谢你为我们费心，同时也羡慕你能自由地享受海之伟大，这原来不是容易的事！

文藻请安

冰心拜上　六月廿五

冰心致作者的信之二

实秋：

你的信，是我们许多年来，从朋友方面所未得到的，真挚痛快的好信！看完了予我们以若干的欢喜。志摩死了，利用聪明，在一场不入道不光明的行为之下，仍得到社会一班人的欢迎的人，得到一个归宿了！我仍是这么一句话，上天生一个天才，真是万难，而聪明人自己的糟蹋，看了使我心痛。志摩的诗，魄力甚好，而情调则处处趋向一个毁灭的结局。看他《自剖》里的散文、《飞》等，仿佛就是他将死未绝时的情感，诗中尤其看得出，我不是信预兆，是说他十年来心理的酝酿，与无形中心灵的绝望与寂寥，所形成的必然的结果！人死了什么话都太晚，他生前我对着他没有说过一句好话，最后一句话，他对我说的："我的心肝五脏都坏了，要到你那里圣洁的地方去忏悔！"我没说什么，我和他从来就不是朋友，如今倒怜惜他了，他真辜负了他的一股子劲！

谈到女人，究竟是"女人误他？""他误女人？"也很难说。志摩是蝴蝶，而不是蜜蜂，女人的好处就得不着，女人的坏处就使他牺牲了。

——到这里，我打住不说了！

我近来常常恨我自己，我真应当常写作，假如你喜欢《我劝你》那种的诗，我还能写他一二十首。无端我近来又教了书，天天看不完的卷子，使我头痛心烦。是我自己不好，只因我有种种责任，不得不要有一定的进款来应用，过年我也许不干或少教点，整个地来奔向我的使命和前途。

我们很愿意见见你，朋友们真太疏远了！年假能来么？我们约了努生，也约了昭涵，为国家你们也应当聚聚首了，我若百无一长，至少能为你们煮咖啡！小孩子可爱得很，红红的颊，蜷曲的浓发，力气很大，现在就在我旁边玩，他长得像文藻，脾气像我，也急，却爱笑，一点也不怕生。

请太太安

冰心　十一、廿五

冰心致作者的信之三

实秋：

山上梨花都开过了，想雅舍门口那一大棵一定也是绿肥白瘦，光阴过得何等的快！你近来如何？听说曾进城一次，歌乐山竟不曾停车，似乎有点对不起朋友。刚给白薇写几个字，忽然想起赵清阁，不知她近体如何？春来是否痊了？请你代走一趟，看看她，我自己近来好得很。文藻大约下月初才能从昆明回来，他生日是二月九号，你能来玩玩否？余不一一，即请大安问业雅好。

冰心　三月廿五日

冰心致赵清阁的信

清阁：

信都收入，将来必有一天我死了都没有人哭。关于我病危的谣言已经有太多次了，在远方的人不要惊慌，多会儿真死了才是死，而且肺病绝不可能。这种情形，并不算坏。就是有病时（有时）太寂寞一点，而且什么都要自己管，病人自己管自己，总觉得有点那个！你叫我写文章，尤其是小说，我何尝不想写，就是时间太零碎，而且杂务非常多。也许我回来时在你的桌上会写出一点来。上次给你寄了樱花没有？并不好，就是多，我想就是菜花多了也会好看，樱花意味太哲学了，而且属于悲观一路，我不喜欢。朋友们关心我的，请都替我辟谣，而且问好。参政会还没有通知，我也不知道是否五月开，他们应当早通知我，好做准备。这边待得相当腻，朋友太少了，风景也没有什么，人为居多，如森林，这都是数十年升平的结果。我们只要太平下来五十年，你看看什么样子，总之我对于日本的□□，第一是女人（太没有背脊骨了），第二是樱花，第三第四也还要有……匆匆请放心。

冰心　四、十七

冰心致作者的信之四

实秋：

文藻到贵阳去了，大约十日后方能回来，他将来函寄回，叫我做复。大札较长，回诵之余，感慰无尽。你问我除生病之外，所做何事，像我这样不事生产，当然使知友不满之意，溢于言外。其实我到呈贡后，只病过一次，日常生活，都在跑山望水、柴米油盐、看孩子中度过。自己也未尝不想写作，总因心神不定，前作《默庐试笔》断续写了三夜，成了六七千字，又放下了。当然并不敢妄自菲薄，如今环境又静美，正是应当振作时候，甚望你常常督促，省得我就此沉落下去。呈贡是极美，只是城太小，山下也住有许多外来的工作人员，谈起来有时很好，有时就很索然，在此居留，大有MainStreet风味，渐渐地会感到孤寂。（当然昆明也没有什么意思，我每次进城，都亟欲回来！）我有时想这不是居处关系，人到中年，都有些萧索。我的一联是“海内风尘诸弟隔，天涯涕泪一身遥”，庶几近之。你是个风流才子，“时势造成的教育专家”，同时又有“高尚娱乐”“活鱼填鸭充饥”。所谓之“依人自笑冯驻老，作客谁怜范叔寒”两句（你对我已复述过两次），真是文不对题，该打！该打！只是思家之念，尚值得人同情耳！你跌伤已痊愈否？景超如此仗义疏财，可惜我不能身受其惠。

我们这里，毫无高尚娱乐，而且虽有义可仗，也无财可疏，为可叹也！文藻信中又嘱我为一樵写一条横幅，请你代问他，可否代以“直条”？我本来不是写字的人，直条还可闭着眼草下去，写完“一暝不视”（不是“掷笔而逝”）！横幅则不免手颤了，请即复。山风渐动，阴雨时酸寒透骨，幸而此地阳光尚多，今天不好，总有明天可以盼望。你何时能来玩玩？译述脱稿时请能惠我一读。景超、业雅、一樵请代致意，此信可以传阅。静夜把笔，临颖不尽。

冰心拜启　十一月廿七

冰心致作者的信之五

实秋：

我弟妇的信和你的同到。她也知道她找事的不易，她也知道大家的帮忙，叫我写信谢谢你！总算我做人没白做，家人也体恤，朋友也帮忙，除了“感激涕零”之外，无话可说！东京生活，不知宗生回去告诉你多少？有时很好玩，有时就寂寞得很。大妹身体痊愈，而且茁壮，她廿号上学，是圣心国际女校。小妹早就上学（九·一）。我心绪一定，倒想每日写点东西，要不就忘了。文藻忙得很，过去时时处处有回去可能，但是总没有走得成。这边本不是什么长事，至多也只到年底。你能吃能睡，茶饭无缺，这八个字就不容易！老太太、太太和小孩子们都好否？关于杜诗，我早就给你买了一部日本版的，放在那里，相当大，坐飞机的无人肯带，只好将来自己带了。书贾又给我送来一部中国版的（嘉庆）和一部《全唐诗》，我也买了，现在日本书也贵。我常想念北平的秋天，多么高爽！这里三天台风了，震天撼地，到哪儿都是潮不唧的，讨厌得很。附上昭涵一函，早已回了，但是朋友近况，想你也要知道。

文藻问好

冰心　中秋前一日

后记

绍唐吾兄：

在《传记文学》十三卷六期我写过一篇《忆冰心》，当时我根据几个报刊的报道，以为她已不在人世，情不自已，写了那篇哀悼的文字。

今年春，凌叔华自伦敦来信，告诉我冰心依然健在，惊喜之余，深悔孟浪。顷得友人自香港剪寄今年五月二十四日香港《新晚报》，载有关冰心的报道，标题是《冰心老当益壮酝酿写新书》，我从文字中提炼出几点事实：

（一）冰心今年七十三岁，还是那么健康，刚强，洋溢着豪逸的神采。

（二）冰心后来从未教过书，只是搞些写作。

（三）冰心申请了好几次要到工农群众中去生活，终于去了，一住十多个月。

（四）目前她好像是“待在”中央民族学院里，任务不详。

（五）她说：“很希望写一些书”，最后一句话是“老牛破车，也还要走一段路的。”

此文附有照片一帧。人还是很精神的，只是二十多年不见，显着苍老多了。因为我写过《忆冰心》一文，我觉得我有义务做简单的报告，更正我轻信传闻的失误。

弟梁实秋拜启

一九七二年六月十五日西雅图

图书在版编目（CIP）数据

心守一事去生活 / 梁实秋著. -- 北京 : 北京时代华文书局, 2018.12
ISBN 978-7-5699-2661-3

Ⅰ. ①心… Ⅱ. ①梁… Ⅲ. ①散文集－中国－现代 Ⅳ. ① I266

中国版本图书馆 CIP 数据核字（2018）第 233104 号

心 守 一 事 去 生 活

XIN SHOU YISHI QU SHENGHUO

著　　者 | 梁实秋

出 版 人 | 王训海
图书监制 | 陈丽杰工作室
选题策划 | 陈丽杰
责任编辑 | 陈丽杰　汪亚云
封面摄影 | 大绿葵
封面设计 | 尚燕平
版式设计 | 程　慧　段文辉
责任印制 | 刘　银　范玉洁

出版发行 | 北京时代华文书局 http://www.bjsdsj.com.cn
北京市东城区安定门外大街 138 号皇城国际大厦 A 座 8 楼
邮编：100011　电话：010-64267955　64267677
印　　刷 | 三河市兴博印务有限公司　电话：0316-5166530
（如发现印装质量问题，请与印刷厂联系调换）
开　　本 | 880mm×1230mm　1/32　印　　张 | 7　字　　数 | 136 千字
版　　次 | 2019 年 4 月第 1 版　印　　次 | 2019 年 4 月第 1 次印刷
书　　号 | ISBN 978-7-5699-2661-3
定　　价 | 48.00 元